이토록 사랑스러운 삶과 연애하기

이토록 사랑스러운 삶과 연애하기

백가희 지음

위즈덤하우스

프롤로그

사랑주의자의 기도

안녕하세요. 백가희입니다. 매일 밤 메일을 보내며 해왔던 인삿말입니다. 메일은 눈에 보이는 수신인이 있으니 선뜻 이름을 말하며 인사하는 것이 두렵지 않았는데, 책의 문을 여는 지면에 쓰려니 여간 쑥스러운 게 아니네요. 지난 2020년 5월부터 2020년 10월까지 5개월간 매주 수요일에서 일요일 밤마다 구독자들의 메일함으로 글을 보냈습니다. '백 가지의 물음과 백가희의 대답'이라는 뜻의, 이름하여 〈일간 백문백답(百問白答)〉 프로젝트입니다. 일간 백문백답은 시인 비스와바 쉼보르스카의 시 〈여인의 초상〉 중 '아무것도 변하지 않게 하기 위해 변해야만 한다. 이것은 쉽고, 불가능하고, 어렵고, 해볼 만하다'라는 문장에서 출발했습니다. 코로나 바이러스가 창궐한 이후, 정말 많은 것이 바뀌었습니다. 마스크를 쓰는 것부터 일상의 생활 반경까지…… 저의 세계가 차츰 좁아지고 있다는 것을 느꼈습니다. 자꾸만 작아지고, 외출을 하지 못하니 고립감과 외로움에 어쩔 줄 몰랐던 2020년 초를 보내고 '나의 세계와 마음이 더는 바뀌지 않게 할 방법이 없을까' 고민하다 시작한 게 일간 백문백답 1호입니다. 글은 우리가 상상하지 못하던 곳까지 데려다줄 테니까요.

연재하는 동안 스스로에게 자주 질문을 건넸습니다. 여러 질문을 마음으로 혼자 주고받으며 썼습니다. 가벼운 질문들이 오고갔지만 사뭇 진지해지는 순간도 있었습니다. 밤마다 묻고 대답하는 글을 쓰면서 이제야 나에 대해 알아간다는 생각이 들었습니다. 혼자 살면서 지켜야 할 규칙 같은 것들, 내가 앞으로 어떤 삶을 살아가고 싶은지, 그 삶은 1인 가구인지 다인 가구인지, 소비습관이나 사랑을 대하는 태도 등등 여러 답변을 하며 저에 대해 알아갔습니다. 글감이 부족할 때는 나의 주변을 둘러싼 사람과 사랑에 대해서도 썼습니다. 그리고 알게 되었습니다. 사랑은 단순히 연애가 전부가 아니라 더욱 방대하고 사소해 세상을 구성하는 모든 감정의 틈 사이에 숨어 있다는 사실을요.

많은 사랑을 관찰하고 쓸 수 있었습니다. 같이 사는 고양이 형제에 대한 사랑, 긴장감에 잠식되어가는 친구를 향한 사랑, 돌보는 식물들에 대한 사랑, 내가 열망하는 삶에 대한 사랑, 글로 연결되는 구독자들을 향한 사랑. 여러 사랑과 뽀뽀를 보내면서 일간 백문백답을 마칠 수 있었습니다. 백문백답을 마치고 생겨난 마음의 근력 덕분에 여러 일들도 해낼 수 있었습니다. 매일 자정에 글을 마감하며 오래 앉아 있어야 하는 허리를 위해 운동을, 아무런 질문도 떠오르지 않았던 날들을 생각하며 신문 스크랩을 했고 사소한 것이라도 잘 돌볼 수 있기를 바라는 마음으로 동식물을 돌보았습니다.

이 책에 수록된 글들은 5개월간 매일 자정에 보냈던 〈일간 백문백답〉의 일부입니다. 가장 아끼고, '사랑'하는 이야기만 모아 거대한 세상에 내놓습니다. 부디 제가 겪었던 사랑이 잘 증언되어 독자분들께 질문으로 돌아가길 고대해봅니다. 당신이 사랑하는 것은 무엇인지, 당신이 사랑하는 삶을 위하여 어떤 규칙을 지키고 있는지, 어떤 짜릿한 사랑이 당신을 감싸고 있었는지……. 사랑에 대한 여러 생각이 오고가는 교차점이 되기를 감히 바랍니다.

자신이 가진 사랑에 대해 스스럼없이 이야기하는 세상이 머지않아 올 것이라 작은 기대감을 품습니다. 그런 새로운 세상의 아침이 올 때까지 저는 당신이 하는 사랑이 무엇이든 응원해보겠습니다. 당신의 강인함을 믿습니다. 아, 그전에 당신이 단단하고 건강해질 수 있도록 돕는 사랑의 강인함을 믿어보겠습니다. 당신이 믿고 비빌 언덕은 다른 무엇도 아닌 당신이 가진 사랑이 될 것이라고 예언도 해보겠습니다.

차례

III

다정을 담아

사랑주의자를 소개합니다

백가희 서울 거주, 1994년생

사랑주의자. 5년 차 서울살이 중인 자취생이자 작가이자 두 고양이의 누나. 의지박약과 작심삼일의 아이콘이었으나 1인 가구의 삶은 녹록치 않다는 것을 매해 깨달으며 다양한 취미들을 개발 중이다. 수줍어도 대찬 '사백이('사춘기 백가희'의 준말)'와 뭐든지 해명하고 싶은 '피드백가희'를 달래며 삶의 균형을 찾고 있다. 한때는 연애를 맹신했던 연애주의자였으나 이제는 둘이 하는 연애보다 혼자서 할 수 있는 '사랑'에 집중한다.

유미령 대구 거주, 1970년생

백가희의 엄마, 태초의 사랑주의자. 그에게 고난과 역경은 사랑 앞에서 아무것도 아니다. 강하고 단단하다. 단순히 누군가의 엄마로만 말하기엔 미령이 가진 다정과 세계가 너무나도 깊고 무궁무진하다. 메신저에서 하트를 빼놓지 않는 다정함과 지나간 자리마다 지천이 놀랄 정도로 깔끔한 성격의 소유자. 백가희가 믿고 있는 모든 사랑을 선보인 여자.

백준호 대구 거주, 1966년생

백가희의 아빠, 유미령의 남편. 백준호의 무뚝뚝한 성격은 유미령을 만나 날이 갈수록 촉촉해졌다. '자꾸 챙겨주다 보면 또 온다' 하며 싫은 척하지만 가게에 찾아오는 길고양이 삼순이의 밥을 매일 챙겨주고 있다. 심지어 어미를 잃은 길고양이 '달이'는 자신의 사무실로 데려왔다. 자신은 인정하지 않지만 서툴고 수줍은 사랑주의자에 속한다.

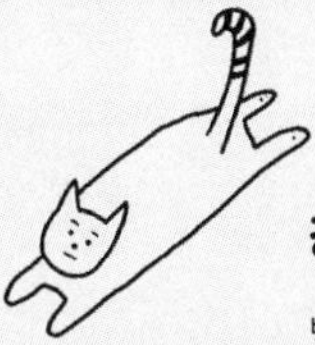

강이 서울 거주, 대학동에서 만남, 2016년생

백가희의 첫째 반려 고양이이자 기다림의 미학을 알려준 고양이. 태어난 지 한 달이 됐을 때쯤 SUV 차체와 바퀴 사이에 백가희를 만났다. 강은 매사에 느리다. 새로운 장난감과 새로운 화장실과 새로운 사람과 친해지는 데에 오래 걸린다. 관찰이 끝나면 쿵 하고 정수리를 들이민다. 경계가 뚜렷한 강의 세계는 단단한 사랑으로 가득 차 있다. 그 세계 안에 발을 들인 사람들은 말한다. 다시는 못 헤어 나올 것이라고, 평생 잊지 못할 종류의 사랑을 선사한다고. 첫 번째 증인으로 백가희가 있다.

연이 서울 거주, 인천에서 파양되어 만남, 2017년생

백가희의 둘째 반려 고양이이자 hcm 환묘. 강이 기다림의 미학을 알려주었다면 연은 호기심의 미학을 알려주었다. 모든 사랑은 호기심에서 시작한다고 믿게 한다. 연은 창밖을 볼 때도, 새로운 사람을 만날 때도, 장난감을 가지고 놀 때도 쉼 없이 골골송을 불러댄다. 심통난 얼굴을 하고 있지만 내면은 그렇지 않다. 말랑말랑, 동글동글한 마음으로 가득한 애교덩어리.

독자

사랑의 귀재. 연애주의자였던 백가희를 사랑주의자로 만들었다. 이들은 무자비하다. 스스럼이 없다. 누군가 주눅 들어 있을 때, 세상을 피하고 싶을 때마다 눈앞에 나타나 불쑥 마음을 건넨다. 백가희의 눈을 보며 떨려서 아무 말을 못하겠다 말하지만 그 떨림으로 사랑을 증명해낸다. 사랑을 마법처럼 부린다. 사랑으로 세상의 곡선을 만들어가고 있다. 이 책을 읽은 당신도 그럴 것이다.

사 랑 , 너 른 숨 을 쉬 어

I
용기를 담아

/

수용하는
마음

/

'우울은 수용성이다'라는 말을 들어보신 적 있나요? 우리를 얽매는 우울이 실은 물에 씻기는 성질을 가지고 있어 땀을 흘리거나 샤워를 하면 물에 씻겨나간다는 뜻입니다. 우울이 우리를 한 입씩 먹어치울 때마다 가장 먼저 포기했던 것을 떠올려볼까요. 저는 며칠을 꼬박 씻지 않고, 침대 위에서 꼼짝달싹 하지 않습니다. 운동은커녕 씻는 것조차 포기해 내가 무기력해지도록 내버려두기 바쁘지요. 그에 반해 삶에 활력이 가득할 때는 아침 운동도 하고, 산책도 하루에 두 번 이상 나가고, 딱히 외출할 일이 없어도 샤워를 합니다. 땀에 전 운동복을 벗어던질 때, 은은한 비누향 보디워시 냄새에 기분이 한결 나아지고 있다는 걸 알 수 있거든요. 때 묻은 무기력을 꺼내어 씻은 것처럼요. 실제로 물과 가장 친한 운동, 수영은 몸과 마음 모두 편안하게 만든다고 합니다. 물결과 호흡에서 오는 리듬이 명상 상태에 빠지는 것과 비슷한 효과를 준다고 해요.

'물에 녹는 성질'인 수용성(水溶性)과 발음이 같은, 타인의 말과 가치관을 너른 마음으로 받아들이는 '수용(受容)'에 대해 생각해보았습니다. 어쩌면 저는 '받아들인다'는 의미에서의 수용성이라는 말과 거리가 점점 멀어지고 있었을지도 모릅니다. 나름대로 가치관을 정립한 후 공격성만 차곡차곡 키워나갔고, 말을 잘 조합해서 상대에게 최선으로 상처 주는 방법을 연마하기도 했으니까요. 나를 생각해 건네주는 충고들에도 듣기 싫다는 이유만으로 귀를 막고, 입을 닫아버리고, 눈까지 감아버렸습니다. 나를 방어한다는 이유로 날마다 뾰족해지니 주변 사람과도 멀어졌습니다. 그리고 자주 돌아보고 후회했지요. 새겨들을걸, 그렇게 말하지 말걸……. 헤어지고 나서야 사랑을 복기하는 연인처럼요.

얼마 전, 인스타그램에서 언틸투모로우(#untiltomorrow) 해시태그를 보았습니다. 부끄러움을 감내하고, 지금과는 전혀 다른 자신의 지난 모습을 내일까지만 게재한다는 캠페인이었어요. 내가 이렇게 발전했다는 것을 보여주기도 했지만 친구들은 꾸미기를 좋아했던 자신의 모습에 이런 말을 덧붙였습니다. '내가 왜 그랬을까', '내가 미쳤네', '너무 부끄럽다'고요. 저도 '흑역사'에 이불을 몇 번 차본 적 있어 공감되었어요. 하지만 시간이 지날수록 생각이 바뀌었습니다. '그때 왜 그랬지?'에서 '그래도 그때의 내가 있었기에 오늘의 내가 있는 게 아닌가?'로요.

수용성의 뜻을 소리 내 읽어봅니다. '어떤 것이 다른 것으로부터 무언가를 받아들이는 것'이 꼭 '오늘의 내가 과거의 나를 받아들이는 것'으로 읽혔습니다. 똑바로 바라보고 싶었습니다. 현실도, 미래도 한 발 물러서서 바라보지 못하고 그저 살아내기 바빴던 저의 세월들을요. 그 속에는 온갖 구설수와 흑역사가 있기도 하고, 아무것도 몰랐기에 행복했던 시절도, 너무 많은 것을 알아서 괴로웠던 날들도 뒤섞여 있었습니다. 몇 년 전 한여름, 굿즈들을 나눔 받겠다고 콘서트 시작 전 땡볕에서 몇 시간이고 기다렸던 기억, 한 번도 깊게 생각해본 적 없던 주제에 대해 열과 성을 다해 떠들었지만 알고 보니 내가 주장한 것들이 틀렸던 기억, 이미 마음이 다해 떠난 사람에게 몇 날 며칠 매달렸던 기억……. 이불을 뻥뻥 차는 기억들 위로 뿌리를 내린 오늘의 나. 누군가를 사랑하는 마음이 한여름 땡볕을 이기고 나아갈 수 있음을 알았고, 내가 더 알아가야 할 지식에 대해 고심할 수 있었고, 마음이 떠나기 전에 오늘의 사랑에 충실해야 함을 알게 되었습니다.

나는 무수한 지난 시절의 내가 이끌고, 버티고, 당겨와서 만든 사람입니다. 죽고 싶다고 무기력하다는 말을 입에 달고 살던 내가 그래도 끊임없이 버텨주었기에, 무기력에 지지 않고 '우울은 수용성이다'라는 말을 달고 살면서 샤워하고, 운동하기를 멈추지 않았기에, 마땅한 성과 없이도 묵묵히 살아내줄 것이기에 모든 날의 내가 있겠지요.

/

일시불의 여자

/

저는 물건 값을 지불하는 데 다음은 없다고 생각합니다. 구매욕이 차올라도 바로 사지 않고 두세 번 고민하되 결제만은 일시불이라는 저와의 약속이 있거든요. 여러 직장을 전전하며 다닌 지도 벌써 6년 차가 되었지만 아직 신용카드 한 장 없습니다. 제가 신용을 담보로 야금야금 결제하다 불어난 빚을 감당 못하면 이건 저만의 파산이 아닌 집안의 파산이 될 수도 있기 때문입니다. 당장 사용할 수 있는 현금이 없어 통장 잔고가 바닥났을 때, 한꺼번에 큰돈을 결제하기 두려울 때, 신용점수를 쌓고 싶을 때 신용카드만 한 게 없다는 생각이 들다가도 이내 마음을 다잡습니다. 저의 소비 습관을 충분히 알고 있으니까요. 아마 저라면, 할부를 인질로 이것저것 사는 데에 돈을 써댈 겁니다. '아싸, 월급일이다' 하는 희망과 카드 결제 알림에 '이걸 내가 썼다고?' 하면서 오는 절망, '괜찮아, 이번은 갚았다' 하는 안도, '근데 진짜 내가 다 썼네' 하고 내게 가지는 실망. 여러 감정을 고루 반복하면서 한 달, 두 달을 망칠지도 모르지요. 자신이 감당할 수 있는 한도 내에서 계획하는 소비 습관을 가진 사람에게는 신용카드가 유용하겠지만 감당하지 못하는 소비 습관의 소유자인 제겐 그저 절망의 구렁텅이로 이끄는 함정에 불과합니다.

이건 제가 일시불의 대가라는 말이기도 합니다. 아이패드나 애플워치 같은 큰 지출이 발생할 때에도 할부로 결제할 카드가 없으니 현금으로 결제하는 수밖에 없지요. 어제는 캣타워와 애플워치를 사는 바람에 모아둔 돈이 순식간에 빠져나갔고 빈털터리가 되었습니다. 할부가 없는 일시불의 대가로 살려면 당장 이 돈이 없어도 살 수 있는지, 지출이 미래의 나에게 어떠한 타격을 주지 않는지까지 계산해야 합니다. 중고나라에서 구매했던 다 해진 캣타워는 언젠가 한번 바꿔주어야 했고 애플워치는 운동이 습관으로 자리 잡았으니 '뽕을 뽑을' 자신이 충분히 있었습니다. '뽕 뽑는다'라는 말은 저와 거의 한 몸처럼 다닙니다. 적은 돈을 지출할 땐 '가성비'를 챙기고 큰돈을 지출할 때는 제품의 효율성을 따지는 일까지 하나하나 신중해야 합니다.

일시불 결제는 훗날의 나의 짐을 덜어줍니다. 내 삶에 들어왔을 때 얼마나 효용가치가 있을지 따져보아야 하기 때문에 현재의 나보다 미래의 나를 더 생각하게 됩니다. 미래의 나를 생각한다는 건 기대할 수 있는 내일이 하나씩 생기는 것 같다고 해야 할까요. '내가 결제할 테니, 너는 돈을 생각하지 말고 최선을 다해 하루를 살렴' 하고 말해주는 일 같아요. 오늘 애플워치를 획득한 저는 내일 심박수와 소모된 에너지를 확인하면서 편하게 운동을 하게 되겠죠. 캣타워를 가진 저와 고양이들은 서로가 보이는 곳에서 한결 안락한 마음으로 지낼 수 있을 겁니다. 저는 '아이들이 근처에서 나를 바라보고 있구나' 하며 안심할 테고, 강과 연은 창밖의 흐르는 시간을 보면서 편안한 마음으로 낮잠을 잘 수 있겠지요.

이제 미래의 나도 최선을 다해 하루를 살아야 할 거예요. 행복과 숙제를 같이 전달하니 야박해진 것 같지만, 큰 지출이 있었으니 다시 열심히 걸어야죠. 오늘을 허투루 살지 않는 법을 소비로도 배우곤 합니다. 많이 사려면 많이 모아야 하고, 많이 모으려면 많이 설쳐야 해요. 내가 나를 홍보하는 데 미적거리지 않아야 하고, 나의 작은 발전에도 엄지손가락을 치켜세워야 하고, 성취는 과감하게 사랑해주어야 합니다. 나는 무수한 시절의 내가 이끌고, 버티고, 당겨와서 만든 사람이니까요. 나의 구원자는 내가 되어야만 해요.

/

우물쭈물하다
내 이럴 줄 알았다

/

1925년 노벨문학상 수상자인 극작가 조지 버나드 쇼의 묘비명은 이렇습니다. 우물쭈물하다 내 이럴 줄 알았다. 1856년에 아일랜드 더블린에서 태어난 그가 사망할 당시 95세였으니 거의 한 세기를 살았던 사람입니다. 영국 역사상 가장 중요한 극작가 중 한 명으로 꼽히는 버나드 쇼. 음악평론가이자 극 비평가, 사회 비평가 겸 대중연설가로 직업의 경계가 존재하지 않는 것처럼 거침없이 살았던 그도 결국 죽음 앞에서는 저 말 한 마디를 남겼다는 사실이 충격적이기만 합니다. 그의 '우물쭈물'은 무엇이었을까요. '행동 따위를 분명하게 하지 못하고 자꾸 망설이며 몹시 흐리멍덩하게 하는 모양'이라고 사전이 정의하듯, 우물쭈물은 주로 망설임을 칭합니다.

우물쭈물하다가 놓쳐버린 것들을 세어봅니다. 좋아한다는 마음만 전하고 답을 듣기도 전에 도망갔던 일도, 늦었다고 생각해서 포기했던 대학교도, '이건 좀 아니지 않냐'고 뱉으려다 하지 못한 말들도 있습니다. 우물쭈물하다 다 놓쳐버린 최초의 기억은 중학교 1학년 때인데요, 그때 저는 〈1박 2일〉에 출연했던 엠씨몽의 패션 추종자이자 인터넷 소설 커뮤니티였던 '소설나라'의 열혈 정회원이었습니다. 소설 속 일진들을 따라 하고 싶어서 머리에 '후까시'를 넣었고, 하얀 안경테가 매력적인 그녀라는 묘사와 엠씨몽의 하얀 안경테를 보고 '안경나라'에서 안경을 맞췄어요. 붕 뜬 머리와 하얀 안경테라는 극악무도한 패션 세계로 친구들의 비웃음을 사곤 했던, 사춘기의 백가희는 한 남자애를 남몰래 좋아했습니다. 세계 서열 1위라는 여자 주인공에 푹 빠져 이입했고, 인터넷 소설 작가 백묘의 '하늘을 빽으로 세상과 맞짱 뜬다'라는 문장을 되새기며 당당한 소녀를 표방했지만 사춘기의 백가희는 무척 수줍은 아이였거든요. 이 사춘기의 백가희를 줄여 '사백이'라 불러보겠습니다.

수련회를 가던 날, 드디어 사백이는 결심합니다. 고백을 해야겠다고요. 좋아하는 티는 숨겨도 숨겨지질 않아서 반 친구들에겐 공공연한 비밀이 아닌 비밀이었지만 사백이는 아주, 아주 소심한 아이였기 때문에 남자애와 쭉 거리를 두었습니다. 남자아이도 사백이의 마음을 안다는 걸 모르는 채로요. 수련회 첫날 밤에 사백이는 반쯤은 떠밀려서, 반쯤은 자의로 고백합니다. 대차게 떠밀린 마음으로 보낸 문자 내용은 이렇습니다.

나…… 사실 너 조아해……. ^-^…… 대답은 안 해줘도 대…….

제가 쓴 것이라고 믿고 싶지 않지만, 예 그래요. 부끄러운 역사일수록 기억에 오래 남는다는 말이 사실이었습니다. 사백이는 그 아이랑 사귀고 싶었지만 대답을 들을 자신은 없었던 걸까요, 그 아이의 거절이 두려웠던 걸까요. 지금 떠올려보면 당시 사백이가 잡았던 콘셉트가 비련의 주인공이어서 그랬을 수도 있겠네요. 사백이는 우물쭈물하며 보냈던 문자를 끊임없이 후회하게 됩니다. 사백이와 등교를 같이하던 친구가 그 남자애와 사귀기 시작했기 때문이죠. 후에 전해 들은 바에 의하면, 남자애는 사백이의 고백을 받아줄 의향이 있었는데 그 친구가 너무 당차게 고백해온 바람에 사백이에게 마음을 전하지 못했고, 남자애도 덩달아 친구가 무척 좋아졌더랬습니다. 이쯤에서 용기 있는 자만이 아름다운 남성을 쟁취한다는 말을 빼놓을 수가 없네요. 사백이는 수련회에서 돌아와 몇 날 며칠을 울어재낍니다. 등교 친구와의 우정은 계속되었기에, 사백이는 졸지에 둘 사이의 큐피드가 되기에 이르렀지요. 낮에는 사랑의 신, 밤에는 비련의 주인공. 지금도 그 시절을 종종 떠올립니다. 그 남자애와 사귀지 못해서라기보다 우물쭈물했던 순간이 평생을 잡고 있기 때문입니다.

망설이지 않고 무언가를 척척 해내는 사람이 좋습니다. 척척 해내다 못해 대범한 사람 말이죠. 심지어 쉽게 선택하고 후회해버리는 사람도 좋습니다. 결과가 어찌되었든 간에 반 발짝이라도 앞서 밟는 사람들이요. '우물쭈물하다 내 이럴 줄 알았다'와 같은 말은 절대 묘비에 새기지 않을 사람, 적어도 미래의 나에게 선택을 유예하지 않는 사람 말이에요. 너무 많은 기회들을 놓쳐버리고 산 건 아닐까, 너무 많은 사람을 그냥 지나쳐온 건 아닐까, 놓쳐버린 기억과 시절과 풍경이 많아서 성실히 잊고 산 건 아닐까. 이러면서 또 후회를 시작합니다. 환기를 하지 않은 방에 오래 갇혀 있는 것처럼 답답한 기분이

들기도 해요. 왜 나는 너무 쉽게 결심했을까, 왜 나는 그렇게 빨리 결정해버렸을까, 왜 나는 더 다양한 결과를 생각하지 못했을까. 결정적으로 남자애와 사귀진 못했지만 우물쭈물해도 결국 고백해냈던 사백이가 대단해 보입니다. 사백이와 지금의 백가희가 다른 점이라면 고작 나이일 뿐인데도요.

나이라고 하니까 조금 알겠습니다. 우물쭈물한 상태로 후회하게 되는 이유를요. 저는 인스타그램에 글을 업로드 하기 전에도 두어 명의 친구에게 같은 내용을 보낸 뒤 어디 문제가 될 부분이 있냐고 물어봅니다. 심지어 문제가 없다는 말에도 한 차례 더 꼬아서 생각하고, 이건 좀 아니다 싶은 과한 상상까지 해 '이렇게 보이지 않냐'고 질문해요. 정말 그렇지 않다는 확답을 듣고서야 업로드를 합니다. 피드백을 요구하는 메시지에 대응하는 노하우가 생겨 어느 순간부터 제 별명은 '피드백가희'가 되기도 했습니다. 알지 않아도 될 법한 이야기까지 듣고 살아서, 정작 말하고 싶은 것들은 말하지도 못하고 눈치만 보며 우물쭈물 살고 있었습니다. 사회 생활을 해본 어른들이라면 마음속에 피드백가희와 같은 인물을 숨겨두고 살아갈지도 모릅니다. 사회 생활은 눈칫밥 싸움이라고 불리니까요. 사백이가 몰랐던, 알고 싶어 했던 일들의 이면까지 알게 되었기 때문에 오늘의 백가희는 세상에서 점점 반 발짝씩 물러나 눈치만 보게 된 건 아닐까, 생각했습니다. 소설 속 주인공에 자주 이입했던 그때와 달리 지금은 세상이 언제나 나의 마음대로 돌아가지 않는다는 사실을 알아버려서요.

사백이가 피드백가희를 보면 안타까워 땅을 내려치겠죠. 저는 도전과 선택을 좀 가볍게 여겨보고 싶어졌습니다. '우물쭈물하다 내 이럴 줄 알았다'라는 말을 관 속에서 할 일이 없게끔. 차라리 뻔뻔해지는 게 좋겠어요. 가희의 '관심종자' 자아인 '가관이'와, 걱정과 염려의 아이콘인 피드백가희가 쉴 새 없이 번갈아 얼굴을 내밀어도 사백이의 마음으로 자꾸 소설 속 주인공처럼 살고 싶습니다. 그래도 세상에 제 이야기를 하는, 할 수 있는 사람은 자신밖에 없다는 사실을, 스물일곱의 백가희는 알고 있으니까요.

/

경계 안의
모든 자유

/

혼자서 내일 먹을 밥을 생각하고, 혼자서 내일 할 일을 계획하고, 혼자서 내일 입을 옷을 고르는, 어쩌면 외로워 보일 수도 있는 자취 생활의 가장 좋은 점과 나쁜 점은 같습니다. 바로, 자유입니다. 레토르트 음식을 질릴 때까지 며칠 연속으로 먹든, 내일은 온종일 누워서 아무것도 하지 않을 것이라 결심하든, 발가벗고 집 안을 돌아다니든 아무도 참견하지 않는 자유 말이에요. 내가 하는 말이 집 안에서의 유일한 말소리가 될 수도 있고, 주말에 친구들과 '달리자!'를 외치며 외박을 하고 새벽 첫차를 타고 들어오든 옷을 의자에 걸어두거나 양말을 책상 위에 던져버려도 괜찮습니다. 며칠 내리 씻지 않아도 참견하는 사람이 없으니, 얼마나 보장된 자유겠어요. 자취를 처음 시작했을 때는 이런 단비 같은 자유를 잊지 않고 누려주었습니다. 자유를 다 누리고 돌아보면 황폐해져 있는 일상은 덤입니다. 이 정도 누렸으니, 이만큼 감당하라고 말하는 듯한 흔적들이 너저분하게 깔려 있죠. 서둘러 빨래를 해치워도 어디선가 뒤집힌 양말이 튀어나오고, 입을 옷이 없어서 한동안 같은 옷을 입고 출근한 적도 있어요.

자취 경력 4년 차가 되어가니 별스러운 사건 사고도 겪고, 경계를 두지 않는 자유에도 부작용이 있음을 깨닫는 사건도 몇 차례 있었습니다. 가장 크게 깨달은 것은 가사 노동이 어마어마하게 체력을 소진시킨다는 점입니다. 베란다와 거실, 부엌, 큰 방, 옷방, 화장실까지 밀고 닦고 쓸고를 반복하면 하루가 훌쩍 지나가 있고 쓰레기봉투도 반절 채워져 있지요. 땀을 뻘뻘 흘리며 바닥에 누우면 아무것도 하기 싫어집니다. 그뿐인가요. 체력이 바닥난 저를 위해 점심과 저녁 메뉴도 요리해야죠. 다 먹고 나면 누가 치우나요, 바로 일어나 설거지까지 합니다. 음식물이 많이 나온 날은 음식물 쓰레기봉투에 잘 묶어 내놓고, 분리 수거함도 수시로 확인하고, 음식물을 거르는 채망도 한 번씩 씻어야 합니다. 그러고 시간을 보면, 와! 다시 저녁을 먹어야 할 시간입니다! 하루를 몽땅 투자하고 남은 것은 배부른 나와 깨끗해진 집뿐입니다. 여전히 집을 나가버린 체력은 돌아오지 않은 채로요.

그래도 반짝반짝 잘 닦인 집 안을 보고 있으면 내가 누울 곳 하나는 잘 챙긴 것 같아서 행복해집니다. 더 좋은 환경에서 글 쓰는 것도 가능해집니다. 저는 책상 위가 지저분하면 업무 진행 능력이 뚝 떨어지는 부류에 속합니다. 한 문장을 쓰고, '아, 저거 거슬리네' 하면서 쓰고 말라버린 물티슈를 치우고, 이렇게 된 김에 책상 위까지 치워버리죠. 해야 할 일은 가장 나중에 처리하고요. 깨끗해진 환경에선 이렇게 노닥거릴 시간이 반쯤 줄어듭니다. 당장 놓인 시간에 한 문장, 한 문장을 쓰는 게 더 귀해지죠.

1인 가구의 삶은 그렇습니다. 적극적으로 내 삶에 내가 개입해야만 해요. 〈전지적 참견시점〉이라는 예능 프로그램의 제목처럼 이 공간을 진두지휘하고 마치 감시자가 된 것처럼 활발하게 공간을 활보하고 다녀야 합니다. 이유 없는 공간을 만들지 말라고 감히 제안하고 싶습니다. 여백에게도 여백의 미를 부여하고요, 이유 있는 채움을 만들기도 하고요. 혼자 사는 사람이 가장 경계해야 하는 건 바로 일상이 흐트러지는 것입니다. 내가 머무는 공간이 정돈되어 있어야 말소리가 고작 내 것뿐이어도 공간 전체가 나를 환영해준다는 기분이 들게 합니다.

자, 여기 앉아.
우리 내일 이야기할 것들을 생각하며 오늘의 일을 하자.
자, 어서 와.
경계 안의 모든 자유를 너에게 줄게!

아주 작은 소리로 속삭이고 있을 나의 공간을 위해 참견하여야 하는 날입니다.

최소한의 경계리스트

1. 식사후 20분 이내로 설거지 할것.
2. 빨랫감이 쌓인정도를 확인하고 봄여름에는 주2회, 가을겨울에는 주 1회씩 세탁기를 돌릴것.
3. 청소기는 매일 아침에 돌리고 대청소는 주말 이틀 중 하루 오전에, 청소기를 돌린후에는 젖은 걸레로 꼼꼼히 닦을것.
4. 주말 이틀중 하루안 외출할것. 하루는 쉴시간을 충분히 확보할것.
5. 아침에 일어나면 침구 정리와 돌돌이로 이불 먼지를 제거할 것.
6. 외출복을 입고 침대에 눕지않을것.
7. 집에서는 활동복을 입고 생활할것.

사랑,
너른 숨을 쉬어!

친구 '권'은 특출난 사랑주의자입니다. 권이 사랑하지 않은 것은 없고, 그에게 몇 시간만 사랑할 시간을 준다면 6억 명을 사랑할 수 있는 방대한 덕질 세계의 보유자입니다. 그의 사랑은 장르를 불문하고 쭉쭉 뻗어나갑니다. 권의 눈을 지나쳐가지 않은 아이돌이 없지요. 권이 대학교에 입학한 후로는 사랑의 영역이 확장되었습니다. 권의 변하는 취향과 가치관에 따라 몇 번의 연애는 성공하고 또 실패를 반복했습니다. 사랑의 대상에 인간만 있는 것은 아니었습니다. 영화 〈보헤미안 랩소디〉는 열여섯 번, 〈알라딘〉은 스물아홉 번을 보았다고 합니다.

몇 번 봤냐고 물으니 '영화관에서만?'이라고 답장이 올 정도로 말이죠. 권의 사랑은 날이 갈수록 종목을 뛰어넘어 퍼져나갔습니다. 사랑이 사랑을 낳는다는 말을 권 덕분에 반쯤 믿게 되었어요.

저는 그의 무구하고 끝없는 사랑이 무척 부러웠습니다. 뻗어간다는 건 내 안의 사랑이 충분히 안정되었을 때 가능한 것이라 믿거든요. 마음 안에 퍼져 있는 열등감, 질투, 분노 따위를 잊은 채로 질주할 수 있는 사랑이 귀하다는 걸 이제야 깨달았기 때문입니다.

오늘은 조금 더 내밀한 제 이야기를 해보려고 합니다. 『당신이 빛이라면』 『간격의 미』 『너의 계절』 세 권의 책을 출간하며 제가 가장 많이 들었던 것은 바로 '어떻게 이런 사랑을 할 수 있냐'는 물음이었습니다. 너무 절절하고 사람과 사랑으로 죽고 못 사는 글이 많아서였을지도 모릅니다. 세 권의 책은 사랑이란 감정 안에서 사랑의 주체인 자신보다 '사랑을 받는 객체'에 대한 찬사를 다룬 에세이였습니다. 당시만 해도 저는 사랑주의자보단 사랑 예찬자였거든요.

사랑의 정의는 저마다 다를 겁니다. 네이버 어학사전에만 해도 사랑은 총 여섯 가지의 감정을 포괄적으로 안고 있습니다.

1. 어떤 사람이나 존재를 몹시 아끼고 귀중히 여기는 마음. 또는 그런 일.
2. 어떤 사물이나 대상을 아끼고 소중히 여기거나 즐기는 마음. 또는 그런 일.
3. 남을 이해하고 돕는 마음. 또는 그런 일.
4. 남녀 간에 그리워하거나 좋아하는 마음. 또는 그런 일.
5. 성적인 매력에 이끌리는 마음. 또는 그런 일.
6. 열렬히 좋아하는 대상.

저의 책들은 주로 네 번째 정의의 사랑으로 읽혔습니다. 여남 간에 그리워하고 좋아하는 마음에 대한 책이냐는 메시지도 자주 받았습니다. 책을 쓰는 사람은 작가여도 책에 어떠한 의미를 부여할지는 독자의 몫이니 '여기서 내가 이건 이런 글이고 그런 뜻으로 쓴 게 아니라고 말하는 게 무슨 의미가 있을까'라는 근본적인 물음도 잇따라 왔었지요. '내가 이렇게 말해서 책에 대한 감상을 깨뜨리면 어떡하지?'라는 불안함도 마음속에서 날뛰고 있었습니다.

페미니스트 선언을 당차게 하고 나서 저를 못살게 괴롭힌 것도 사랑이었습니다. 처음에는 남성과의 연애가 페미니즘을 배반하는 행동인지에서 시작했던 물음이 '아니, 그럼 사랑을 하지 말란 소리인가?' 하고 반발심을 불러일으켰거든요. 돌아보니 그래요, 저는 연애예찬자였던 겁니다. 사람들의 오해가 틀린 말도 아니었어요. 사랑 없이 세상에 나아갈 수 있을지 탈력감도 들었습니다. 조금 더 편하고 자유로운 세계를 살기를 바라는 마음으로 세운 가치관이 오히려 나를 옥죄는 것처럼 느껴졌어요.

저는 자신의 두 다리로 서는 법을 몰랐습니다. 내가 가진 사랑이 나를 괴롭히고, 내가 의지했던 사랑이 나를 구속하고 있었다는 것도요. 남자 친구의 연락을 분 단위로 기다리고, 나의 옷차림을 지적하는 남자 친구의 행동을 애정이라는 말로 덮어보고, 맨스플레인으로 나의 상식과 지식을 짓뭉개면서 나를 납작하게 내버려둔 시간들이 괴롭혀온 것이었어요. 저는 연애예찬자에 불과했습니다. 이미 답은 알았습니다. 주체적인 여성의 삶을 원하는 내게 인생을 기대기 위한 연애는 나의 삶에 전혀 도움이 되지 않는다는 것을, 그에게 사랑받지 못할까 전전긍긍하며 속절없이 내 시간을 흘려보내고 있다는 것을 말입니다.

지금도 여전히 제가 가진 사랑은 시시때때로 색이 바뀌는 변신의 귀재입니다. 반려 고양이 강이의 털에 얼굴을 묻고 있을 때 사랑은 해바라기를 닮은 따끈한 노란색을 띱니다. 서울에 저를 데려다주고 다시 대구로 내려가는 아빠의 뒷모습을 볼 때는 갈색이 되기도 하고, 대구 월광수변공원의 도원지 둑방길을 걸을 때는 푸른 빛깔로 변합니다. 혜화역이나 광화문 앞 시위에서 제 사랑은 새빨개지기도 하고요. 저는 한 사람에게만 뻗는 연애가 아닌 이러한 사랑들을 안고 나아가고 싶습니다.

아침마다 스트레칭과 운동을 하면서 깨달은 사실이 있습니다. 내 몸을 단단히 만드는 것도 사랑의 방편이 될 수 있다는 것을요. 몸의 근력이 늘어갈수록 홀로 서 있을 수 있는 마음의 근력을 가질 가능성도 활짝 열렸습니다. 글쓰기의 의미 또한 여기에 두고 싶습니다. 여태껏 사람에게서 사람으로 뻗어나가는 사랑만 해왔다면, 매일 아침에 시작하는 운동과 함께 근력을 다지며 내 몸과 마음 안으로 심지 굳히는 사랑을 하기 위해 쓰고 있다고요.

나의 몸, 나의 관계, 나의 생각, 나의 동물, 나의 사랑. 이제 어쩔 수 없는 사랑주의자임은 부정하지 못하겠습니다. 모든 감정의 근간은 인생을 기대고 의지했던 연애가 아닌 나를 향한 사랑이며, 그 사랑의 뿌리가 오만 감정 줄기를 만들었으며, 사랑하는 사람들과 나를 보호하기 위해 오늘도 사랑을 믿습니다.

그러니 사랑, 너른 숨을 쉬어!

그러니 사랑,
너른 숨을 쉬어!

/

환승역

/

고양이 똥을 치우고, 새로 산 의자를 조립한 후에 러그 위로 풀썩 누웠습니다. 빛이 잘 들지 않는 집, 오후 네 시에도 저녁의 색을 띠는 집, 창문을 열고 있으면 옆집 커플이 싸우는 소리, 개가 짖는 소리, 골목길을 지나가는 오토바이 소리, 옆 동에서 빨래를 터는 소리가 들리는 집. 외벽이 있지만 없는 것도 같은 집. 내가 들어오기 전 이 집에 사는 사람들은 누구였을까요. 왜 이사를 갔을까? 빛이 잘 들지 않아서? 로또에 당첨되어서? 여러 이유를 떠올려도 여전히 모르겠습니다. 이 도시에서만 이사를 두 번 한 나는 문득 생각해요. 사실 별 이유는 아니었을 거라고요. 이사는 환승과도 같은 것이니까. 개찰구로 나가지 않고 다시 다른 전철에 올라타는 것을 반복하며 옮겨가는 것이니까.

서울의 첫 집, 음…… 집이라 부르기엔 서글픈, 첫 자취방은 대학동 고시촌 입구 앞이었습니다. 보증금 100만 원에 월세 40만 원. 코딱지라고 불려도 손색없을 정도로 작은 방이었어요. 지금 집의 옷방 정도 크기였는데, 쉽게 설명하자면 행거 네 개가 들어가면 가득 찼습니다. 현관문을 열면 옆집 대문을 막아버려서 타이밍을 잘 보고 나가야 하는 집이었고요. 신발을 벗고 들어서면 바로 옆에 인덕션 한 구와 싱크대가 전부인 부엌과 샤워를 할 때마다 세면대와 변기가 다 젖는 한 평도 안 되는 화장실이 보입니다. 작은 냉장고 위 뚱뚱이 티비, 문을 열면 옷이 와르르 쏟아지는 옷장, 맞은편에 있는 침대와 책상. 누군가를 초대하기도, 같이 자자고 말하기도 어려운 작은 공간에서 2년을 살았어요. 그래도 누군가를 자주 초대하고, 다섯 명이 다닥다닥 붙어 앉아 크리스마스 파티를 열기도 했었죠. 둘러앉을 공간이 되지 않아서 두 명은 침대 위에, 한 명은 서서, 다른 두 명은 바닥에 앉아서요. 지금 집의 거실에 쓸데없이 의자를 많이 사두는 것도 이곳에서의 경험 때문이라 생각해요. 엉덩이를 붙이고 있을 만한 공간은 만들고 싶었거든요. 퇴사를 하고 나서는 이 집도 나오게 됐어요. 더 이상 월세를 낼 돈이 없었고, 이미 보증금도 까먹은 상태였습니다. 본가에 있는 방보다 작았던 집. 다섯 명은커녕 세 명이 와도 앉을 공간이 없던 집. 고시생들을 위한 5천 원짜리 뷔페 식당이 많던 동네.

두 번째 집은 복층 오피스텔이었습니다. 부동산을 통해 이 집을 보자마자 엄마 미령 씨와 동시에 탄성을 뱉었던 기억이 나요. 신축 오피스텔이어서 수납 공간도 많고 벽지도 하얗고, 창도 크고, 기본 옵션으로 구비된 전자레인지와 냉장고도 깨끗했죠. 1층은 작업 공간, 2층은 침실……. 어떻게 사용할지 자연스럽게 그림이 그려지던 공간이었어요. 수납 공간이 많다고 칭찬 일색이었는데, 지금 생각해보니 글쎄요. 어딘가 처박아두면 잘 꺼내어보지 않는 저를 너무 몰랐던 것 같기도 합니다. 이사를 나갈 때 가장 많은 쓰레기가 나왔던 집이었죠. 대학동 자취방에 비하면 조금 더 많은 인원이 자리를 잡고 앉을 수 있었습니다. 많게는 여덟 명이 둘러앉아 술을 마셨어요. 2018년 한여름엔 말 그대로 파티의 연속이었어요. '배달의민족' 등급이 '고마운 분'에서 '더 귀한 분'으로 레벨 업 한 것도 이때의 이야기입니다. 인생은 파티, 파티가 곧 인생. 기력이 달려서 놀지 못하겠다는 말을 하면서도 부어라, 마셔라, 죽어라 마셨던 집이었습니다. 복층으로 이어지는 높은 계단을 강이와 연이가 번갈아 뛰어 오르내리다가 낮잠을 자던 집, 경비 아저씨와 매일같이 인사를 나눴던 집.

첫 번째 이사와 두 번째 이사는 감회가 남달랐던 것 같아요. 첫 이사는 미령 씨와 준호 씨가 와서 카니발 트렁크에 짐을 실어 가져갈 정도로 단출했다면, 두 번째 이사 때는 용달 트럭을 불러 실어야 했습니다. 50리터짜리 종량제 봉투에 가득 채운 쓰레기가 몇 봉지나 나왔어요. 그럼에도 트럭에 실은 짐이 가득 차서 옮기는 시간보다 내리는 시간이 더 들었고, 결국 이사를 마친 후에 추가 비용을 지불해야 했습니다.

자리를 옮길 때마다 삶은 몸집을 불리는 것일까요. 나의 마지막 집은 얼마나 거대한 공간을 필요로 할까요. 지나온 동네를 떠올릴 때마다 그곳에서 가졌던 직업이, 벌었던 돈이, 사귀었던 친구들의 얼굴이 떠오릅니다. 대학동에 살 때 친했던 사람들과 복층 오피스텔에서 파티를 했던 친구들 얼굴이 다 다르네요. 얼마나 많은 사람을 사귀고 더 많은 사람들을 잃으며 살게 될까요. 마치 지나왔던 집이 환승역처럼 느껴집니다.

그럼에도 꿈꾸고 열망하는 삶에게 다가가기 위해서 집들을 거쳐왔다고 생각하면, 유쾌한 여정이었어요. 사랑은 시작과 종료를 말할 수 있어도 이 삶은 종료를 아직까지 감히 입에 올릴 수도 없어서, 끊임없이 나의 목적지를 생각합니다. 2년마다 환승하며 나는 어디까지 갈 수 있을까요. 얼마나 큰 삶을 들고 걸어가게 될까요.

목적지가 있긴 할까요.

자리를 옮길때마다 삶은 몸집을 불리는 것일까요. 나의 마지막 집은 얼마나 거대한 공간을 필요로 할까요.

/

1인 가구의 휴식

/

문득 수요일에서 일요일 밤마다 보내던 〈일간 백문백답〉의 연재일을 바꾸어야 하나 싶었습니다. 월요일, 화요일은 안 그래도 직장인의 피로도가 최상에 있는 날인데다가, 연재를 쉰다는 핑계로 개인적인 업무나 약속을 월요일과 화요일에 밀어 넣었기 때문인데요. 이번 주 월요일은 상처 입은 영혼 다독이기 시간으로 연남동 걷기가 예정되어 있었고, 화요일은 영혼 부풀리기 시간으로 계약서 작성차 출판사 미팅이 예정되어 있었습니다. 네 권의 책과 곧 출간될(이라고 적지만 알 수 없는) 신간, 총 다섯 권의 책을 출판사 한 곳에서 출간했고 또 출간할 생각이었는데, 저는 벌써 여섯 번째 책 계약서를 작성하러 가고 있었습니다. '이러다가 인스타그램 프로필에 쓸 공간이 부족하겠는데……'라는 우스갯소리가 곧 현실이 될지도 몰랐어요. 영화 〈월터의 상상은 현실이 된다〉를 생각하며 길을 걸었습니다. 영화 아래, 베스트 리뷰도 읽으면서요.

인생은 끊임없이 용기를 내면서 개척하는 것이다.

다섯 번째 책도 내지 않았으면서 곧 출간될 책 계약서를 들고 있으니 덜컥 겁이 났습니다. '아, 나 이제 어떡하냐' 하는 마음에 걸음도 종종 걸었어요. 계약서를 작성한 곳은 합정동 교보문고 옆 음식점이었는데, 책의 탄생과 죽음이 교차하는 거대한 서점이란 무덤에서 내가 살아남을 수 있을지 두렵더군요. 다섯 번째 책을 완전히 털지 못하고 계류되어 있는 것 또한 이 때문이었습니다. 조금 더 잘하고 싶어서, 조금 더 좋은 글만 쓰고 싶다는 이유로 마감을 자꾸 유예했습니다. 잘 쓴 글과 좋은 글의 기준은 명확하게 정해두지 못한 채로요. 지난 달 연재를 무사히 마쳤다는 것마저 생경했어요.

가끔 이런 날이 있어요. 그냥 다 던져버리고 뒤로 숨고 싶은 날, 자유롭게 날아다니는 꽃가루처럼 나풀나풀 날아가 어디로 톡 내려앉고 싶은 날. 유독 봄에 그랬습니다. 갈수록 따끈해지는 햇살과 미세먼지가 없는 높고 미지근한 푸른색의 하늘, 머리를 쓸고 지나가는 봄바람이 기분을 뒤숭숭하게 만들었어요. 계절은 이렇게 흘러가는데, 내가 사랑하는 봄에 꽃놀이는커녕 언제 완성할 수 있을지 모를 책 생각에 마음이 착잡했습니다. 처음 계약서를 작성할 때 느꼈던 설렘에 먼지가 앉은 것처럼 말이에요. 심장이 한 번 뛸 때마다 우울과 불안과 슬픔이 켜켜이 쌓인 먼지가 흩날렸습니다.

이렇게 커다란 세상에 불안감이 자신을 잡아먹도록 내버려두는 게 정말 저밖에 없는지 묻고 싶었어요. 막다른 길목에서 마감을 만난 창작자들이 어떻게 이겨내는지 궁금해졌습니다. 이럴 때일수록 친구 사랑주의자 권이 보고 싶었어요. 그는 항상 누군가를 사랑할 준비가 되어 있었지만 반대로 자신을 싫어할 준비도 되어 있었어요. 생각해보니 권이 자신을 좋아하는 모습을 본 지도 오래되었습니다.

권은 3개월 전 연락 두절 상태가 되었습니다. 연락이 되지 않기 전 우리의 화두는 주로 운동이었기에 첫 주에는 '운동에 집중하고 있나' 싶다가 한 달이 넘어가면서부터는 '정말 무슨 일이 있나'가 되었고 2개월 즈음 지나니 '권이 이겨나가고 있나 보다' 생각할 수 있었어요. 권은 자신의 상처 입은 영혼을 돌볼 때 스스로 마음에 휴식기를 주는 사람입니다. 소통할 수 있는 모든 연락망을 삭제하고 아예 처음부터 존재하지 않았던 사람처럼, 말 그대로 증발하는 거죠. 연락이 안 되는 날이 길어질수록 회복이 오래 필요하다는 뜻이라, 이번 달 초에는 메시지 하나를 남기고 더 연락하지 않았습니다.

그러던 중에 드디어 권의 행방불명이 끝났습니다. 신경 써줘서 고맙다는 메시지를 보자마자 영상 통화를 걸었어요. 화면에 권의 처진 눈꼬리가 보이니 울컥 눈물이 났습니다.

"야, 진짜 걱정했다. 니 동생한테 연락할까 고민했다가, 그건 좀 괴롭히는 것 같아서 안 하고 있었는데. 야, 말 좀 해라. 좀. 너무한 거 아니가."

"내 그냥 너무 쉬고 싶어서, 그냥 그랬다. 다음부터는 말할게. 진짜."

영상 통화로 짧게나마 눈물의 상봉을 하며 각자 가로등 아래서 눈물 젖은 담배를 피웠습니다. 권이 너무 보고 싶어서 운 것도 있었지만, 드디어 오래 참아온 응어리가 터진 것 같았어요. 이 봄과 책과 내가 사인한 수많은 계약서, 이후 찾아올 말들에 대한 부담감도 다시 조우할 수 있었습니다.

권이 부러웠어요. 나의 마음을 돌보기 위하여 단번에 SNS를 지우거나 친구들의 연락을 받지 않는 선택들이 근사하게 느껴졌기 때문입니다. 누구보다 자신을 우선할 수 있는 선택이었습니다. 제 삶에는 너무 많은 계약이 가득해서, 심지어 SNS의 적극 수혜자로 글을 포스팅 하고 일간 연재를 홍보하는 사람이라서, 실컷 자유롭다고 했지만 실상은 누구보다 얽매여 있기 때문에 괴로웠습니다. 권의 거침없는 용기, 나를 위해 흥미로워도 포기할 줄 아는 용기가 제게도 절실했습니다. 이전에는 권이 이럴 때마다 '나도 모르겠다'는 자포자기 상태가 되었는데 앞으로는 권의 연락 두절을 적극적으로 응원해줄 태도가 준비되었어요.

내 삶을 채워 넣기보다 비워내는 게 더 중요하다는 것. 조금이라도 외롭지 않고 싶어 취미를 늘려가고 있지만, 취미 생활은 외로움 탈출구가 아닌 내 삶을 여유롭게 즐기기 위해 존재해야 했어요. 봄마다 슬펐던 이유를 조금 알 것도 같았습니다. 이렇게 좋은 날씨를 주제로 떠들 사람이 없어서, 다들 둘인데 저에겐 길 어귀마다 피어난 꽃나무들의 이름을 알려줄 사람이 없어서 우울의 폭이 넓어진 거였더라고요. '하나여도 괜찮다, 더 잘 즐기면 된다'가 아니라 '하난데, 뭐'라는 담담한 태도로 보내지 못했기 때문입니다. 혼자 사는 것에 익숙해지지 못해서, 매일 아침 입에 거미줄이 앉은 것 같아서. 어쩌면 혼자라는 걸 가장 불쌍하게 여기고 있는 사람은 다른 누구도 아닌 저였습니다. 지금이야 계약서에 얽매인 이 삶을 비워내지 못하겠지만, 밀린 일들을 털어낸 뒤에는 권처럼 누구의 안부도 궁금해하지 않으며 저에게만 집중하려고 합니다. SNS도 비활성화하고, 푹 쉬면서 요량껏 봄을 보내고 싶어요.

확신하진 못하겠습니다. '절대'의 효용 가치를 믿지 않기도 하고 저는 저를 먹여 살려야 하는 데다 책임지고 있는 고양이들까지 있으니까요. 비워내는 법을 알기까지는 오랜 시간이 걸릴 거예요. '이만하면 됐다'는 재산이 쌓일 때까지 살아야 하는 이 삶은 힘들고, 고되고, 지루하고, 지난하겠죠. 당차게 걸어나가기 위해, 홀로 걷는 법부터 알아가는 봄이 흐르고 있습니다. 1인 가구 삶의 걸음마가 언제쯤 끝날지, 아직은 잘 모르겠어요.

/

비로소
자유로울 것

/

삶에서 가장 중요하게 여기는 가치가 무엇인가요?

질문으로 글을 시작하고 싶습니다. 가치라는 건 사전 그대로의 뜻을 옮겨 써봐도 그렇듯, 인간의 욕구나 관심의 대상 또는 목표가 되는 진, 선, 미 따위를 통틀어 이르는 말이겠죠. 욕구와 관심의 대상, 목표에 따라 다를 겁니다. 자신 인생의 뿌리가 어디에 있는지에 따라서요. 제가 좋아하는 책 제목 중 하나는 임경선 작가의 『자유로울 것』인데요, 그 책의 한 구절을 옮겨 적어봅니다.

출발선에서부터 버거운 한숨만 나온다면 얀 마텔의 소설 『파이 이야기』에서 어린 소년 파이가 호랑이와 단둘이 표류되어 생사의 기로에 놓였을 때 되새기던 구절을 함께 기억해보기로 한다.

–당장 할 수 있는 일에 집중하는 데서 생존은 시작된다.

_임경선, 『자유로울 것』, 위즈덤하우스

한때는 이 문장이 좋아서, 인스타그램 프로필에도 적어둔 적이 있었습니다. '장래 희망 : 하고 싶은 것만 하는 사람.' 프로필에 적어 공연히 보여주며 마음을 굳히겠단 다짐이기도 했어요. 하고 싶은 것만 하는 것만큼 '자유'를 보장하는 것도 없으니까요. 그래요. 저의 가장 중요한 가치는 '자유'입니다. 무척 자유로워지고 싶었습니다. 나를 속박하는 폭력적인 억압도, 나를 납작하게 만드는 이전 연인도 저버리고 훌쩍 떠나서 누구의 간섭과 이야기도 없이 지내보고 싶었어요. 그때까지만 해도 제가 정의한 자유는 친구와 가족, 모든 인간관계를 떠나고, 날이 갈수록 소박해지는 통장까지 외면하고, 마치 시간이 독촉하는 것 같은 조급함도 털어버리고 떠나는 것이었어요. 떠나고 나면 더 나아질 줄 알았습니다. 오지로 떠나서 온종일 해먹에 누워 책을 읽다가 아무 구절에 눈물을 훔치고, 은하수를 벽지로 바른 것 같은 하늘에 온갖 찬사를 보내고, 아무 데서 잠을 자고, 아무 데서나 씻고, 심지어는 헐벗고 다녀도 괜찮은 삶을 살아보고 싶었어요. 매일 치이는 출근과 마감의 압박 속에서 떠나고 싶었습니다. 지나치게 문명화된 삶을 이제는 한 발 무르고 싶었어요. 저는 시간이 무서웠습니다. 언제나 나를 압박하는 게 있다면, 시간이라고 생각할 정도로요.

그러다가 이 질문을 맞닥뜨렸습니다. "작가님이 생각하시는 죽음이 궁금해요." 저에게 죽음은 시간만큼 두려운 것이었어요. 문장이 과거형인 이유는, 이제 죽음이 두렵지 않기 때문인데요. 이건 시간과도 밀접한 관련이 있습니다. SNS나 지면에서 종종 소개해드린 시집 『사랑하라, 한 번도 상처받지 않은 것처럼』을 모서리가 다 해질 정도로 열정적으로 사랑했지만, 수록된 시보다는 책날개에 적힌 류시화 시인의 "우리는 입속의 혀처럼 삶에 묶여 있었으나 그는 시간의 틈새로 빠져 나갔다"라는 문장을 더 많이 읽었습니다. 고(故) 정채봉 선생을 기리는 이 문장보다 죽음을 자유롭게 표현할 수는 없을 거라고, 감히 생각했습니다. 이 문장을 읽고 나서 죽음을 슬프지만, 한결 더 가볍게 여기게 되었어요. 우리는 혀처럼 단단히 돈과 관계와 삶에 묶여 있는데, 이승에서 발을 뗀 사람들은 자유로운 혀가 되어 시간의 틈새로 나아갔으니까요.

반려동물의 죽음 후에도 이런 표현을 씁니다. '무지개다리를 건너 좋은 곳으로 갔다.' 무지개다리는 선녀들이 하늘에서 땅으로 타고 내려왔다고 하는 전설 속의 다리를 비유적으로 이르는 말입니다. 선녀들이 땅으로 내려온 다리를, 동물들이 다시 올라간 것을 뜻하겠지요. 저는 무지개다리라는 단어에서 작은 빛을 봅니다. 무지개가 이루는 일곱 가지 색에는 분노, 슬픔, 억압, 쓸쓸함, 기쁨, 환희, 열락 등 여러 빛깔의 감정이 묻어 있다고 생각해요. 그리고 그 다리를 건너면서 하나씩 훌훌 털어버릴 수 있을 거라고요. 미련이 없는 사람은 경쾌한 발걸음으로, 돌이키고 싶은 시절이 있는 사람은 자꾸만 뒤돌아보게 되겠죠. 다리를 건너면 이승에서 우리를 지독하게 괴롭혔던 감정들까지 다 놓아버리고 비로소 좋은 곳에 도착할 거라고 말이에요. 이 모습이 바로 제가 생각하는 자유와도 닮아 있습니다.

친구의 반려동물이 좋은 곳으로 갔다는 글에는 이렇게 안부를 전했습니다. 시간의 틈으로 빠져나간 아이들이 이제 더 자유로워질 것이라 믿어보자고요. 비록 우리는 삶과 시간에 묶여 있지만 내가 사랑하는 생명은 더 깊은 숨을 들이마시고 내쉴 수 있는 곳으로 가는 거라고 기도합니다. 만화 〈신과 함께〉에 나온 나태 지옥을 비롯한 일곱 개의 지옥이 있는 곳이 아닌, 다 털어내고 텅 비어서 내가 채우는 것들이 곧 길이 되는 좋은 곳으로요. 지금 우리는 단단히 묶여 인생에서 헤어나올 수 없겠지만, 삶에서도 있는 힘껏 발버둥 치고 나면 떠날 때 미련 하나 없이 다리를 건널 수 있을 겁니다.

죽음 이전에 생동하는 지금, 내가 누릴 수 있는 자유. 죽음이 시간으로부터 자유를 얻는다면, 시간에 단단히 묶인 지금은 대체 무엇을 할 수 있을까요. 제가 생각하는 예전의 자유로운 모습을 갖추지는 못할 거예요. 오지로 떠나기엔 저는 세상에 벌어지는 다양한 이야기들을 겪고 싶고, 포기하기엔 사랑하는 게 너무 많고, 지나치게 계획적인 사람인 데다가 씻지 못하면 며칠 내로 스트레스가 쌓여 돌아가겠다 시위까지 할 거고, 마감이 없으면 영영 글을 쓰지 않을 것 같다는 불안함도 있으니까요. 오늘은 오지로 떠나는 것 말고도 다른 방법을 찾고자 한 수업에 등록했습니다. 하고 싶은 것에 한정 없고 이 많은 걸 다 하는 사람이라면, 내가 좋아하는 것들의 폭을 넓혀 하루를 보내고, 일주일을 보내고, 삶을 보내는 것이

즐겁지 않을까요. 투잡, 쓰리잡, 포잡까지 다양한 나를 수식하는 이름들을 만들면서 각자의 생각으로 기억되고 싶습니다. 같은 시절을 살지만 다른 차원에 머무는 것 같은 사람들의 생각 속에, 매일 다른 저의 생각 속에도 다양한 나를 하나씩 담는 거죠.

저는 이제 시간 속에서도 자유로울 수 있는 법을 더욱 알아볼 거예요. 무지개다리를 건널 때 사뿐한 발걸음으로 걸을 수 있게, 돌아볼 일이 없게끔. 더 여유를 두고 나를 위한 삶을 위해서 말입니다. 배우고 싶은 것들은 일단 배워볼 것, 사랑의 목소리를 알아채고 그로 인해 숨을 쉬는 것, 불평등하고 불합리한 일에 목소리를 크게 낼 것, 글을 쓸 것, 홀로 설 것, 너무 많은 것을 아는 척하지 말 것, 적당히 외면할 것, 적당히 고개를 세울 것, 가만 울어볼 것, 우는 사람을 가만가만 안아줄 것, 표현에 서툴지 않을 것, 많은 후회를 해도 반복하지 않을 것. 나열하고 소리 내 읽으니 당분간은 자유를 꿈꾸지 않아도 상상만으로 충분해졌어요.

그리고, 아주 먼 훗날 죽음이 다가온다면 몇 해 전 적어둔 묘비 말도 꼭 새겨달라 말할 겁니다.

그런 말이 있다. 돌아보지 않는 것은 처음부터 내 것이 아니었다 생각하고 살라고. 가만히 보면 세상의 햇빛도, 나뭇잎에 부대끼는 바람도, 유리창에 머리 박는 빗방울도 내가 가진 것이 아니라 세상이 내게 준 선물이었다. 선물을 안지 못해 나는 간다. 안고 어루만져 더 큰 세상에 안겨줄 자신이 없다. 지금 나의 죽음에 눈물 흘리는 그대여, 당신이 떨어뜨린 눈물이 사후의 내가 받는 선물이다. 당신이 헐떡이는 숨소리가 내가 아는 유일한 선율이다. 울지 마라. 간략해지는 계절 사이에서도 꼭 살아남아라. 이제 여기 오지 말고.

그 반대편에는 이렇게요.

할수있는것만 실컷 잘하다가
간 사람,
자유로웠던 사람,
자유로운 사람.
비로소 자유로울 사람.

/

비혼주의자의
면역력

/

오른쪽 배가 아파 회사를 이틀간 쉬면서 병원을 세 번이나 다녀왔습니다. 새벽 내내 몇 번이나 변기에 토했는지, 기억이 잘 나지 않습니다. 앉아 있는 동안 옷이 식은땀으로 쫄딱 젖어 두 번이나 갈아입어야 했죠. 웩웩대고 있는데 아, 누군가 등을 두드려줬으면 좋겠다는 생각이 들더군요. 이럴 때 '괜안나' 하면서 등을 툭툭 쳐줄 사람이 있었으면 했습니다. 아플 때는 이렇게 면역력이 약해집니다.

저는 외로움에 대한 역치가 높습니다. 가족과 떨어져 있는 것에 대해서는 더욱이요. 가족이 딱히 보고 싶은 것도 잘 모르겠고, 이 정도면 혼자서 그럭저럭 지내는 것 같고, 전화나 문자를 하루에 한 통도 하지 않아도 괜찮다 여기는 편입니다. 고향에 자주 내려간다는 친구를 이해하지 못하기도 했죠. 굳이? 아마 아빠 준호와 인사치레처럼 나누는 투닥거림이 싸움으로 변질될 우려 때문이기도 합니다. 전화를 할 때만 해도 분명 보고 싶어서 왔는데 한 번도 보고 싶지 않았던 사람처럼 싸웁니다. 싸우는 안건은 늘 다양해지죠. 보통 준호가 폭죽을 쏘면 질세라 스파클러 같은 말로 속을 긁는 사람이 접니다. 외로움에 대한 역치…… 라는 말은 과하네요. 그냥, 싸움에 대한 역치가 낮은 것뿐입니다. 사랑하는 사람과 싸우는 건 언제나 괴롭습니다. 말로 당신을 어디까지 상처 줄 수 있는지 가늠하는 시험대에 놓인 기분이 들어요. 현명한 사람들이라면 최대한 양보하고 물러나며 동그랗게 말할 수도 있겠죠. 무뚝뚝하다 말하는 경상도 남자와 그 무뚝뚝한 모습을 용납하지 못하는 경상도 장녀에겐 가당치도 않은 말입니다.

아픈 동안은 준호의 날 선 목소리와 투박한 손길마저 그리웠습니다. 그렇게 싸워놓고 또 준호의 얼굴이 떠오르는 건 왜일까요. 이런 외로움과도 싸워나가는 것이 비혼의 삶이 넘어서야 하는 언덕이겠지요. 엄마와 아빠를 너무 사랑하지만, 결혼할 의지는 추호도 들지 않는 나에게 엄마와 아빠의 존재가 사라지면 나는 가족의 울타리 없이 남은 시간을 살아가겠구나. 비혼주의자의 삶에 일어날 다양한 취미 생활과 풍부한 나만을 위한 시간도 누리겠지만, 아플 때는 정말 혼자 견뎌야겠구나.

다행인 건 누군가의 버팀목에 기대고 싶어서 홀라당 넘어갈 비혼주의가 아니라는 점입니다. 외로움에 대해 둔감하고, 싸움에 예민한 저는 차라리 이렇게 종이 신문 스크랩을 하며 고양이를 돌보고, 가구나 뚝딱뚝딱 만드는 게 좋습니다. 언제까지 둔감할 수 있을지 모르겠지만, 인간은 필연적으로 외로운 존재라고 생각하면 왠지 모를 안도감이 드는 것도 사실입니다. 과연 혼자서도 멀쩡히 살지 못하는 내가, 누군가를 만나서 온전해질 수 있을까? 나는 사랑할 때마다 불안해지는 사람인데. 나의 불안을 타인에게 그만 쏟고 싶습니다. 나의 불안은 오로지 나의 불완전함에 대해서 고민할 때만 머무르길 바랍니다. 수많은 사랑하는 사람들을 곁에 두며 시절을 눈 깜짝할 새에 보낼 것입니다. 오…… 너무 즐겁고 고되겠군요. 하지만 언제인가 말했죠. 한 번 사는 인생, 끝내주게 복잡하고 곤란하게 살겠습니다. 저를 곤란하게 하는 사람은 저 하나로 충분하니까요.

타인을 너무 사랑한 나머지 스스로를 사랑할 힘까지 소진하고 싶지 않습니다. 비혼에 대한 탐구는 잊지 않고 해볼 예정입니다. 결론은 비슷할 겁니다. 둘이 있는데 외롭고 싶지 않아서, 싸우고 싶지 않아서, 불안하고 싶지 않아서……. 그게 이유가 되나 물으실 수도 있겠네요. 거창한 뜻이 있어야 하나요? 없을 거예요. 저는 거창하지 않아도 신념이 확고한 사람이 낫다고 봐요.

/

루틴의 재정비

/

오늘은 아침부터 기분이 안 좋았어. 평소랑 같은 시간에 자고 일어났는데 새벽 다섯 시부터 시작되었던 하얀 고양이의 열창도 마음에 들지 않고, 선풍기 바람은 왜 이렇게 세다가 약하다가 자기 멋대로인지. 날파리는 또 어디서 들어와 천장을 맴돌고 있는지. 햇살은 왜 저렇게 들락날락하는지. 운동을 하러 걸음을 옮기는데 꿈의 내용이 왜 그렇게 발목을 잡던지. 이불을 걷는 중에도, 꿈이라 안도하면서도 몇 번이나 자던 잠을 이어갈까 말까 고민했어. 확실한 건 나를 데려갔던 꿈의 세계가 현실보다 재밌었다는 거야. 자꾸 뒤를 돌게 만드는 건 현실과 꿈이 다르지 않았어. 최선을 다해서 자야 하나 싶더라니까.

아침 운동을 마치고 나왔는데 하얀 고양이가 창틀에 올려두었던 물꽂이 화분을 엎어버렸어. 무려 두 개씩이나. 물은 순식간에 퍼져나가고, 이제 출근 준비를 해야 하는데 이러다간 월요일 아침부터 택시 타고 출근해야 할지도 몰라 서둘러 걸레를 들고 왔어. 엎지른 물을 닦으면서, 너무 억울해지는 거야. 낭만의 뭉텅인지 뭔지 모를 꿈을 헤치고 나온 결과가 고작 이거라니. 내 속도 모르는 하얀 고양이는 꼬리를 팔랑거리면서 옆에 앉아 있었지. 무구한 눈동자에 이름을 부르면서 언성을 조금 높였던 것 같아. 잠이나 잘걸. 그랬다면 기분 나쁜 일 없었을 텐데. 실컷 자고 일어나 조금 부은 얼굴과 달짝지근해진 입 냄새로 하얀 고양이 볼에 뽀뽀나 실컷 해주었을 텐데.

아침 루틴이 자리 잡으면서, 나는 조금도 타협이 없는 사람처럼 살아. 이걸 하지 않으면 나는 망한다는 식의 극단적인 생각의 소유자라는 건 너도 알 거야. 세워둔 계획이 조금이라도 비틀리면 하루 종일 절망에 휩싸이고, 나를 원망하게 돼. 내가 왜 안 했지? 똑바로 해, 계획대로 살아, 아, 후회된다 등등……. 네이버 뉴스 기사 댓글란에도 없을 악플러가 되어 내 상처를 후벼 파. 오늘은 하얀 고양이를 꾸중하는 동시에, 나를 타박했지. 출근길에 자전거 페달을 밟으면서 계속 세상과 나의 틈을 좁히는 게 아니라 벌리고 있는 것 같단 기분이 들었어. 느슨하지만 정갈하게 살아가자 생각했는데 여유는커녕 나를 채찍질하면서 나아가는 쪽이었지. 모난 소리들로 나를 타박하기 시작해서 그냥 넘어갈 수 있는 일에도 불쑥 화가 치밀어 오르고 인상부터 쓰고 있었어. 그러면서 다시 생각해. 가치관을 떠나 내가 나 하나를 이렇게 만족시키며 사는 것도 힘든데 다른 사람까지 데리고 사려면 얼마나 힘들까. 도무지 안 되겠더라.

집으로 돌아오자 하얀 고양이 귀 뒤가 긁혀 있길래 병원을 다녀왔어. 호기심이 워낙 많아서 밖을 여기저기 둘러보는 고갯짓이 마냥 귀엽다가도 또 미안했어. 아침에 화를 냈던 게 미안해서 이동장에 코를 박고 노래를 불러주었지. 당신은~ 사랑받기 위해 태어난 야옹~ 병원에 가자마자 하얀 고양이의 몸무게를 쟀는데 2월에 비해 500그램이나 빠져 있더라고. 고양이에게 1킬로그램은 사람에게 10킬로그램과 같다던데. 지난번에 배꼽에 있는 탈장도 수술비를 겨우 마련해 간 거였던 터라, 혹시 몰라 이참에 종합검진도 같이 예약해뒀어. 정말로 아픈 거면 어떡하지? 나는 쟤한테 할 수 있는 게 고작 하루하루 밥을 주고, 물을 주고, 낚싯대를 흔드는 것뿐인걸. 아침에 있었던 일이 너무 후회가 돼서 집에 와서는 하얀 고양이를 안고 등을 쓸어내렸어. 미안하다고, 아프지만 말라고, 내가 다 잘못했다고 용서를 구하면서. 기분이 좋지 않았던 이유를 조금 알 것 같아. 꿈이 좋고 말고를 떠나 한 시간이라도 더 자고 싶었는데, 잠투정이 심한 건 나나 고양이들이나 마찬가지여서 툴툴거리고 말았던 거지.

당분간은 느슨하게 살 거야. 아침 루틴을 꾸역꾸역 지키기보단 내게 숨쉴 틈을 줄 수 있도록. 더 현명한 눈과 마음과 몸으로 사랑할 수 있게 말이야. 재촉하지 않고, 한 걸음 한 걸음 둘러보며 길을 걷는 것, 꾸준히 나와 타협할 것, 하기 싫은 날은 모른 척 넘어가볼 것, 굳이 하기 싫은 일을 계획 리스트에 올리지 않을 것, '좋아하는 것을 계속 꾸준히 하는 게 중요하다'라고 누누이 말해왔지만 조금 달라. 좋아한다는 이유만으로 나를 괴롭히진 않아야 해. 좋아하는 일을 잠깐 멈추는 것도 하나의 방법이었어. 오늘은 밤에 늘 하던 스트레칭도, 밀린 설거지도 하고 싶지 않다. 밤의 여유를 즐겨볼래.

/

일기의 구원

/

꾸준히 일기를 쓰지만, 하루 일과를 낱낱이 써서 정리하는 데일리 칸을 부지런히 채운 적은 한 번도 없습니다. 연초마다 다이어리를 고를 때에도 데일리 칸 없이 먼슬리와 무지 노트로 내지가 구성된 다이어리가 1순위입니다. 올해만큼은 기록하는 사람이 되고 싶어 내지를 무수히 채워 넣을 수 있는 6공 다이어리와 내지를 샀지만, 내지의 비닐 포장도 뜯지 않았고 다이어리는 2월에 멈춰 있습니다. 3월부터는 원래 사용하던 다이어리로 돌아왔어요.

먼슬리는 축약의 역사입니다. 하루를 세세히 기록하기 위해 마련된 데일리 칸처럼 공간이 넉넉하지 않으니 하루를 짧게 한 줄에서 두 줄 정도로 요약하죠. 한 달 동안 있을 중요한 것들만 골라 기록하는 용도입니다. 요약한다는 말은 '어떤 기억은 편집한다'는 뜻도 됩니다. 평이하고 별것 없는 하루도 축약해 적으니 바쁘고 요란한 날이 되고 최악의 하루라 일컫는 날도 소소한 기쁨의 일들로 채워집니다. 다이어리가 보여지는 곳은 내 눈과 마음뿐이니 좋을 대로 적는 기록은 악마의 편집이 아닌 나를 위한 천사의 편집이 되기도 하지요.

누군가의 기록이 편집되어 우리에게 전해진 경우도 있습니다. 이상의 〈이런 시〉에 관한 이야기입니다.

내가 그다지 사랑하던 그대여
내 한평생에 차마 그대를 잊을 수 없소이다
내 차례에 평생 못 올 사랑인 줄은 알면서도
나 혼자는 꾸준히 생각하리다
자, 그러면 내내 어여쁘소서

이 시의 다음 문장은 '어떤 돌이 내 얼굴을 물끄러미 쳐다보는 것만 같아서 이런 시는 그만 찢어버리고 싶더라'입니다. 이상에게 찢어버리고 싶은 이 시는 잘 편집되어 사랑을 고백하는 순간, 마음을 이야기하는 순간마다 활용되었습니다. 편집된 기록의 진가가 발휘한 순간입니다. '발화자의 심경'은 개의치 않으면서요. 하루 일과가 제대로 떠오르지도 않고, 무엇을 쓰기조차 싫은 날에는 〈이런 시〉를 떠올리며 나에게 주옥같은 일들만 먼슬리에 적어요. 이 일기를 읽을 미래의 내가 조금이라도 위로받기를 바라는 마음에서요. 미래의 나까지 보살필 기운조차 없는 날에는 더없이 솔직하게 적습니다.

제 기록의 전제 조건은 '하루의 쓸모를 발견하는 것'입니다. 죽고 싶었지만 여차여차해 다시 살고 있는 하루, 열흘치의 스트레스를 한꺼번에 받은 것 같은 하루 뒤에도 제 삶이 지속되고 있다고 생각하면 왠지 모르게 안심이 됩니다. 매일 기록하며 하루를 긍정하는 법을 연습하고 있습니다.

자그마한 기록물은 나의 든든한 뒷배가 되어 내 삶을 진두지휘하고 있습니다. 지겹다 못해 지루해진 하루를 정리해 긍정하는 습관, 더 나은 방향으로 생각을 이끌어가면서 말이지요. 당신의 삶을 다른 차원으로 데려다주는 건 찬찬히 쌓인

긍정적인 마음과 기록일 거예요. 당신의 면면을 기록하는 것과 그 모습을 읽는 것도 당신뿐입니다. 나의 기록이 나를 구원하고 나만을 기록하듯, 당신의 기록도 당신을 구원하고 당신만을 기록할 거예요.

/

다름 아닌
소비와 적금

/

분 단위로 즐길 수 있는 취미가 하나 늘어났습니다. 수시로 은행 어플에 들어가 떠 있는 통장 잔액을 보며 긴장하고 안심하고 놀라곤 합니다. '다름아닌 사랑과 자유'라는 책 제목처럼 무엇이든 사랑과 자유가 최우선시되는 사람이었으면 좋겠는데, 돌고 돌아 돈 이야기를 하게 되니 참……. 이따금 돈이 뭐라고 이러나 생각하게 됩니다.

인간은 유년 시절 가장 결핍에 시달렸던 것에 집착하게 된다는 말을 들은 적이 있는데요. 제게는 사랑과 자유와 배움도 아닌 돈이었습니다. 기초 생활 수급자로 학교 급식 우유를 무상 지급 받고, 방 한 칸에 네 가족이 나란히 이부자리를 펴고 잠들고, 밤마다 횟집으로 출근하는 엄마와 아빠 얼굴 볼 시간도 없었습니다. 지금도 바퀴벌레를 손쉽게 잡는 이유는 초등학교 때부터 단련해온 내공의 힘입니다. 돈 때문에 겪은 수난은 한둘이 아니었습니다. 누군가 그랬습니다. 가난은 부끄러운 것이 아니라 불편한 것이라고요. 이걸 가난한 사람들에게 말합니다. 가난에 대한 인식은 가난한 사람들이 만든 것이 아닌데도 부끄러워하지 말라고요. 저는 그게 더 불편했습니다. 인식을 개선하라는 말을 해야 할 대상은 우리가 아니잖아요. 울컥 말하고 싶은 날도 있었습니다. 가난으로 인한 부끄러움과 불편은 꽤 오랜 시간 지속되었고, 고등학교에 들어가 싸운 친구에게도 들키고 말았습니다. '너 기초 생활 수급자야? 왜 말 안 했어? 그럼 우리가 봐줬지…….' 대체 뭘 봐주고, 뭘 말해야 하는 건지 몰랐습니다. 엄마와 아빠를 순서대로 원망도 해봤습니다. 이 원망은 그들의 과거, 현재, 미래에도 바뀌지 않을 것 같아 보였습니다. 차라리 서울에서 집이나 사고 버티고 있지. 이제 와서 하기에는 너무 늦은 말을 속으로 삼키면서 말이죠.

아르바이트 월급 60만 원을 쥐고 지인 집에서 얹혀 지내며 택배 상하차 일도 해봤습니다. 독립출판으로 냈던 『올림』도 재쇄를 찍으며 돈을 벌었습니다. 집을 구하러 다니며 더욱 생각했어요. 가난은 정말 지독한 것, 불편한 것, 간지러운 것. 보증금 100만 원과 월세 40만 원으로 대학촌의 원룸을 구했을 때, 화장실 하얀 타일 사이에 끼어 있는 곰팡이를 닦으면서, 결국 또 보게 된 바퀴벌레를 잡으면서 만감이 교차했습니다. 그래도 서울에서 이부자리 펴는 게 어딘지. 보증금 100만 원짜리 원룸살이는 그럭저럭 좋았습니다. 이것도 벅찬데, 내가 정말 집을 가질 수 있게 될까? 5년이 지난 지금도, 여전히 집은 없고 2년마다 거주지를 옮겨야 하는 신분입니다.

돈은 다양한 방법으로 희열을 안겨주었습니다. 불행하게도 사랑보다 돈이 주는 위안이 클 때도 있었습니다. 직장인 통장을 개설하여 첫 급여를 받았을 때, 첫 적금을 들었을 때, 적금이 만기되어 입출금 통장으로 들어올 때, 차곡차곡 쌓이는 적금과 신용등급을 저울질하며 내 미래를 상상할 때……. 너무나도 많았어요. 아무렴 사랑은 나의 감정을 책임졌다면, 돈은 나의 이성을 책임졌습니다. 돈이 생기니 이젠 관리하는 과정에서 문제가 발생했습니다. 화끈하게 쓰고 후회를 자주 하는 소비 습관을 단번에 잡아나가기란 여간 어려운 일이 아니었습니다. 집안의 신용은 전적으로 제 손에 달려 있어 신용카드는 쓰지도 않고 일시불의 여자로 살아왔기 때문입니다. 애플워치, 아이패드, 캣타워 등등……. 집에 있는 고가의 상품들은 대부분 일시불로 구매했습니다. 말 그대로 '돈지랄의 기쁨과 슬픔'이 교차했습니다. 물건의 효용가치를 조목조목 따져봤지만, 비밀인데요, 사놓고 안 쓰는 게 더 많기도 했습니다. 일시불로 결제하는 쿨한 나에 단단히 취해 있는 것일지도 모르겠다 생각했지요. 버는 대로 족족 덕질과 취미 비용으로 쓰곤 했던 시절을 절대로 후회하진 않기로 했습니다. 한번 한 소비에 뒤를 돌아보지 않을 것. 그건 어떠한 유년 시절의 해소였고, 분풀이였고, 몰아 쓰는 기쁨이있으니까요.

이젠 막 나가선 안 되겠다고 생각하며 결심한 게 작년입니다. 30만 원짜리 첫 만남 적금을 작년에 처음 들었습니다. 이렇게 저는 30만 원짜리 적금만 3개를 들면서 이제는 스크루지가 되어 돈에 집착하기 시작했습니다. 쓰는 것이 아니라 모으는 쪽으로요. 우스운 건 묶은 돈은 많은데 사용할 돈은 줄어드니 사람이 예민해졌습니다. 당장 돈이 없는데 뭘 할 수 있지? 다음 달 목공방 교육비는 어떻게 하고? 지금의 고민이 아닌 먼 미래의 고민까지 끌어다 우울해졌습니다. 사람이 이렇게 기복이 심할 수 있냐고요? 우리 돈의 신은 그걸 가능케 하십니다. 내가 너희를 울고 웃게 하리라.

그렇게 기쁨과 불편과 슬픔과 해소를 반복하며 지내다 지난 달에는 적금 만기가 되어 6개월 동안 모은 돈이 한 번에 통장으로 들어오는 희열을 맛보고 결심했습니다. 소비와 저축에서도 균형을 찾으며 확실히 쓰고, 확실히 모으자고 말입니다. 일시불의 여자라고는 했지만, 애플워치를 살 때도 기능을 보고 산 게 아닌 오로지 가격을 보고 구매했습니다. 5시리즈보다 3시리즈가 쌌고, 셀룰러 모델보다는 GPS 모델이 쌌거든요. 아이패드도 다르지 않습니다. 프로보다는 에어가 쌌고, 128GB보다 64GB가 저렴했습니다. 고성능을 포기하고 저가형 모델을 구매했습니다. 그 돈 조금 아낄 바에 더 큰 소비를 할 것이란 후회는 옵션입니다.

24개월 할부로 아이맥을 사고 나니 이보다 더 큰 만족감을 느낄 수 있을까 싶습니다. 어떤 생각이냐고요? '300만 원짜리다. 이건 고가다. 쓸 때까지 써서 뽕을 뽑아야 한다. 뽕만 뽑냐, 아주 깨끗하게 써서 되팔아야 한다'라는 생각까지 하고 있습니다. 아이맥을 켤 때마다 재밌기까지 합니다. 지금도 그 생각으로 열심히 자판을 두드리고 있지요. 이제는 일시불의 여자를 벗어나 쓸 때 쓰는 여자가 되고 싶습니다. 나를 제어하는 능력과 풀어주는 능력을 적절히 겸비해야 1인 가구의 초석을 다지는 데에도 유용하게 쓰일 것입니다(1인 가구는 세상의 유혹에 빠질 일이 너무나도 많기 때문에요).

이제 저는 야금야금 소비를 중단하고 더 큰 소비와 적금으로 향해 갑니다. '월세 생활 청산, 전세 생활 시작, 매매까진 바라진 않으나 매물이 있다면 구매할 수 있는 여력을 갖추겠다!'라는 뜻의 이름하여 '월전매 작전'입니다. 월전매 작전 1일 차지만, 나중에는 창 밖의 한강을 바라보며 '드디어 월세 생활을 끝냈다'라는 문장으로 시작하는 글을 쓰겠다고 결심해봅니다.

마음에서 마음이

II
사랑을 담아

/

목소리와 울음

/

강이와 저 사이에는 둘만의 교감법이 하나 있습니다. 서재에 있는 5천 원짜리 의자에서 나누는 몸짓들입니다. 준호가 당근마켓에서 구입한 손잡이가 다 까진 이 의자를 곧 바꿔야겠다고 다짐은 하고 있습니다만, 아직 바꾸지 못한 이유도 강이를 어르고 달래며 만질 수 있는 넉넉한 사이즈의 의자를 찾기 못했기 때문입니다. 360도로 돌아가고, 의자 손잡이가 있고, 쿠션 의자인데다가 최대한 안쪽으로 엉덩이를 밀어 넣어도 발이 바닥에 닿는 넉넉한 높이의 의자. 제가 이 의자에 앉으면 침대에서 자고 있던 강이는 옹앵거리며 달려 나옵니다.

강이 쉴 수 있게 다리를 팔걸이에 올리면 풀쩍 올라와 다시 발라당 눕죠. 이때 강의 등허리를 최대한 다정한 손길로 만져주지 않으면 강이 목을 긁으며 내는 골골송을 듣거나, 아주 작고 귀여운 발을 폈다가 오므리는 꾹꾹이를 볼 수도 없습니다. 부드럽고 낮은 목소리로 말하며 친절한 손길로 정수리나 엉덩이를 만져주어야 합니다. 정수리나 엉덩이를 만져주어야 합니다. 내가 쓸 수 있는 시간당 다정의 양이 정해져 있다면 이 시간에는 전력으로 쏟아부어야 해요. '사랑이란 이런 걸까'라는 말을 하면서 결국 사랑은 이런 것임을 깨닫습니다. 야구의 선발투수처럼 순간순간 사랑을 위하여 전력투구해야 했어요.

제가 가장 사랑했고, 가장 오래 친했던 강아지가 있었습니다. 우리 코비는 2014년, 열네 살의 나이로 무지개다리를 건넜습니다. 저의 학창 시절은 코비와 함께였습니다. 쫑긋 솟은 귀와 검정콩 같은 코와 눈, 갈색과 은빛색의 털이 아름답게 뒤섞여 있던 요크셔테리어, 나의 강아지 코비가 떠나던 날, 저는 도저히 코비와의 이별을 마주할 용기와 자신이 없어서 동생에게 병원 다녀와서 말해달라고 하고는 집을 나와버렸습니다. 친구와 밥을 먹던 중에 동생에게서 코비가 무지개다리를 건

넜다는 전화를 받고는 그 자리에서 엉엉 울기에 바빴지요. 끝까지 옆에 있어주어야 했는데. 옆에서 사랑한다고, 많이 고마웠다고, 너랑 함께해서 내 인생이 너무너무 좋았다고, 좋은 곳으로 가 있으면 곧 따라가겠다고. 너는 뒤를 자주 보고 걸으니까, 이번에는 그냥 마음대로, 걷고 싶은 대로 걸으라고 말해주었어야 했는데. 코비와 제대로 하지 못한 이별은 아직도 마음에 비수로 꽂혀 있습니다. 코비가 떠나기 전에 찍어둔 사진과 몇 개의 영상만이 코비가 우리집에 머물렀다는 사실을 알려주었어요. 영상 어디에도 코비가 왕왕 짖는 모습이 없었습니다. 공을 던져주면 물고 오고, 색색거리다가 지쳐서 누워서 차분하게 숨을 쉬는 모습, 길을 걸으면서 자주 뒤를 돌아보는 모습이 전부였어요. 나의 친구가 어떤 목소리를 가지고 있었는지, 어떤 말을 했는지 이제는 잘 기억이 나지 않습니다.

어떤 목소리인지 기억하고 싶어서, 어떤 말을 하고 있는지 기억하고 싶고, 나에게 어떤 말을 걸고 있는지 궁금해서 강이가 잠투정을 부리는 영상도 자주 찍고 있습니다. 연이는 유독 아침이 밝아오는 새벽 즈음에 말을 걸고, 강이는 잠에서 깬 직후에 말을 걸어요. 주로 잠투정이거나 얼른 자신을 만지라는 뉘앙스로요. 해석을 해보자면, 이렇습니다.

"누나, 나 일어났어(혹은 나 꿈꿨어)."

"왜~ 이리 와, 이리 와. 깼어?"

"응."

"나쁜 꿈 꿨어?"

"응응……."

하루는 나쁜 꿈을 꿨으니 얼른 나를 달래라, 하루는 자다가 일어났는데 네가 없어서 상당히 서운하다는 말을 해요. 잠투정을 하는 목소리와 그냥 말하는 목소리도 무척 다릅니다. 잠투정 목소리와 어투가 입을 작게 벌리고 중얼거리는 것이라면 간식을 원할 때의 목소리는 조금 더 우렁차고 직설적입니다. "빨리 내놔! 빨리!"라고 말하는 것처럼요. 저는 강이와 연이가 말을 거는 아침을 영상으로 담을 때마다 생각합니다. 이건 '운다'라기보다 '말을 거는 것'이라고요.

사람들은 동물들의 소리를 '운다'라고 대충 묶어 말하지만, 유심히 들어보면 절대로 우는 소리가 아니다. 그에겐 다양한 욕망이 있다. 욕망의 정서가 듬뿍 묻어나는 소리를 낸다.

_이슬아, 『다름 아닌 사랑과 자유』, 문학동네

말하는 데 들이는 공도 다릅니다. 연이는 욕망 앞에서 큰 소리를 냅니다. 물이 없거나, 사료가 없거나, 간식이 먹고 싶을 때에만 곧잘 말하곤 해요. 사냥 놀이를 하다가도 낚싯대가 잡히지 않으면 살살하라는 듯이 말을 걸기도 하고요. 같은 고양이인데도 불구하고 목소리의 높낮이부터 이야기의 내용까지 제각각 달라 보고 듣는 재미가 쏠쏠합니다. '말을 거는' 행위조차도 별스러워져요. 말은 굳이 왜 '걸다'라는 동사를 붙여 사용할까요. 하고 많은 단어 중 왜 '걸다'일까요.

건다는 것에는 여러 의미가 있겠지만, '말을 걸다'에서 '걸다'는 '다른 사람을 향해 먼저 어떤 행동을 하다'라는 뜻으로 쓰일 겁니다. 갑자기 우리 집 고양이들이 사람인 저를 향해 먼저 말을 걸었다는 게, 다양한 높낮이의 목소리를 내면서 욕망과 투정을 구분하여 말을 걸었단 사실이 경이롭고, 놀랍고 고맙습니다. '말을 걸다'라는 문장을 그림으로 그리면 꼭 둥그런 S자 고리로 사람의 마음을 채가는 모습일 거예요. 내 마음에 한쪽을 걸고, 상대의 마음에 다른 한쪽을 거는 거지요. 말을 거는 상대를 따라 이끌려 따라갈 때도 있고, 조금 더 나은 내일을 상상해보기도 합니다. 그럴 때 '걸다'는 '희망을 걸다'처럼 앞으로의 일에 대해 희망하고 기대한다는 뜻으로 읽고 싶습니다.

"나중에 시간 되면 만나자."

기약 없는 약속을 껄끄러워 했던 이유이기도 했습니다. '나중에 시간 되면'이라는 1만 분의 1의 가능성을 잊고서 '만나자'에만 주력한 타입이었거든요. 누군가의 시간이 될 때를 기다리고, 기다리다 연락이 없으면 다시 시간을 묻고, 다시 시간을 기다리고, 타이밍을 맞추고……. 많은 말들에 툭툭 걸려 넘어졌던 지난날들이었네요.

그럼에도 저는 앞으로도 말에 걸려 넘어지겠습니다. 의도치 않은 호의와 배려에도 희망과 기대의 마음을 들고 다가갈 것이고, 외면당할 것이고, 나를 원망할 것이고, 한탄할 것이고, 울 것이고, 슬프겠죠. 하지만 강이와 연이처럼 목소리의 높낮이를 조절해가며, 욕망과 투정의 화법을 만들어가면서 말을 걸 겁니다. 강이의 다정한 몸짓과 밤의 의자에서 대화를 나누던 조그만 순간들을 기억하면서, 고양이들의 목소리를 기록하면서, 사랑의 재정의를 번번이 실패하면서도 다시 사랑하면서 말이에요.

/

뭐가
걱정이야

/

요즘은 자주 연이의 하얀 가슴에 귀를 대봐. 작은 심장이 팔딱팔딱 빠르게 뛰는 소리를 들으면서 톡 튀어나온 지방종과 배를 살살 만지면 바로 위에서 목을 긁는 소리가 들려. 기분 좋아서 내는 소리인 걸 알아서 더 확신에 찬 손으로 연의 뱃살을 조물조물 만지곤 해. 잠투정이 심한 나의 아기 고양이는 매일 아침 다섯 시에 일어나 막 말을 해. 밥과 물도 충분히 채워 넣었고, 방 안 온도도 높지 않고 적당히 시원하고, 자기 전 밤에는 사냥 놀이도 오래 했는데 뭐가 그렇게 말하고 싶은 건지 모르겠어. 어르고 달래다가 들쳐 안았다가 목 뒤와 등허리를 쓸어줬어. 다시 옆에 눕히면 방금까지 커다랗던 눈이 조금씩 가느다랗게 감기고 눈동자가 이내 눈꺼풀 아래로 사라져. 위를 향해 발가락을 쫙 폈다가 오므리면서 주먹도 만들어. 이 동작은 새끼 고양이가 어미 고양이 젖을 먹을 때 나오던 본능적인 행동이자 꾹꾹이라 부르기도 해. 고양이의 대표적인 애정 표현이래. 연이는 내 광대 아래 볼과 허공을 자주 꾹꾹 눌러. 연이에게 세상은 편안한 존재일까? 엄마, 나는 아직 잘 모르겠어. 나는 얘네의 엄마이자 누나이자 가족이자 반려인인데 연이의 허공 꾹꾹이를 볼 때마다 마음 한쪽이 아릿해져. 연이가 재밌고 즐거운 세상을 보내는 데에 가장 적극적인 조력자가 되고 싶어.

엄마, 엄마도 그랬을까?

강이와 연이를 돌보면서 자주 엄마 생각을 해. 내가 연이만큼 작았던 시절도 있었잖아. 잠도 안 자고, 밥도 안 먹고 울어만 대는 나를 보면서 엄만 무슨 생각을 했는지 궁금해. 엄마는 어떤 사랑으로 날 돌봤는지도 궁금해. 어렴풋이 가늠하지도 못하겠어. 그게 무엇이든 나는 엄마 같은 사람은 되지 못할 거야. 내가 아빠와 맞지 않는다고 편지 네 장을 쓰고 옷가지를 택배로 부친 뒤 집을 나왔을 때, 한동안 휴대전화 전원을 꺼두고 연락조차 받지 않았을 때. 기억나? 엄마가 보냈던 쪽지 말이야. 직접 쓴 쪽지를 사진 찍어서 메신저로 보냈었잖아. 내가 엄마 같은 사람이 되지 못하겠다 생각했던 건 그때부터였어. 한번 옮겨 적어볼게. 이 쪽지를 모서리가 닳을 정도로 몇 번이나 읽어서 눈을 감고도 내용을 쓸 수 있을 것 같아.

너의 선택에 반대하지는 않았지 싶다.

너의 선택에 후회되지 않게 열심히 한번 살아보렴.

힘들고 어려운 일 닥쳐도 최선을 다해 살다 보면 좋은 결과가 꼭 오게 되어 있다.

몸 건강히 니가 하고 싶은 것 열심히 하고 가끔 연락은 해야 되지 않겠나.

잘 지내고……. 잘 살아…….

엄마가 늘 널 위해 기도할게.

"보고 싶은 게 걱정이네."

맞아. 나는 알았어. 엄마는 나를 반대하지 않을 사람이란 걸. 엄마는 아빠와 나의 싸움을 가까이서, 오래 지켜봐온 사람이잖아. 우리의 중재자가 되기도 하고 동시에 우리 두 사람

모두와 싸우는 사람이 되기도 했어. 지금이야 아빠 성격이 많이 누그러졌지만, 그 시절 아빠는 달랐지. 자기 말이 다 맞고, 너의 말은 다 틀리고, 무뚝뚝하단 핑계로 표현도 못할 뿐더러 쉽게 윽박지르는 남자. 엄마는 그런 아빠의 곁을 오래 지켜온 사람이니까, 나를 잘 이해하는 사람이었을 거야. 자기 말이 다 맞다고 우겨대는 아빠 옆에서 가만히 '그래, 그래' 고개를 끄덕여주는 엄마는 아빠의 엄마 같기도 했어. 무척 안쓰러우면서도 대단해서 다시 생각하게 돼. 나는 절대 엄마 같은 사람은 되지 못할 거라고.

내가 엄마와 크게 싸웠을 때도 있었어. 너무 삽시간에 변해버린 내 모습이 익숙해지지 않아서, 브래지어를 하지 않고 외출한 내가 꼴보기 싫다고 엄마가 그랬었잖아. 그때는 나도 욱해서 같이 소리를 지르고, 며칠을 엄마와 서먹하게 보냈는데 지금 생각해보면 이해가 될 것도 같아. 내가 엄마를 이해할 것 같다는 생각이 들 때 엄마도 말했었는데. '너를 이해해보고 싶은데, 잘 안 된다. 나도 좀 이해해줘.'

처음으로 엄마 같은 사람을 이해했던 것 같아. 너무 이해하고 싶은데, 잘 안 되면서도 이해하려고 하는 사람을 말이야.

미안해. 엄마의 희생을 가볍게 여겼어. 늦게야 엄마가 세상을 이해하기 위해 했던 노력이 하나둘씩 보였어. 엄마, 이제는 그냥 엄마가 이해하고 싶은 것들만 이해해봐. 엄마의 마음을 최우선의 가치에 두면 뭐가 보일지 궁금해. 엄마도 원목 가구를 좋아하잖아. 빵도 좋아하고. 사랑은 귀를 기울이는 것부터 시작한대. 엄마의 사랑은 이미 충분히 우리에게 뻗었으니까 엄마의 마음에도 귀를 기울여보는 거야. 내가 같이 들어줄게. 연이의 가슴팍에 귀를 대는 것처럼.

엄마, 나는 나의 삶과 친해지는 방법을, 세상에 내 가치관을 이해시키는 방법을 아직 잘 몰라서 이것저것 일을 벌이고 있어. 새로운 것들을 시작할 때마다 엄마의 쪽지를 다시 읽어. 나의 선택에 반대하지 않을 거라는 말을, 최선을 다해 살다 보면 좋은 결과가 그냥 오는 것도 아니고 꼭 온다는 말을. 보고 싶은 게 걱정이라는 말을. 나는 엄마의 사랑 앞에선 착실히 지고야 말겠지만, 나는 엄마의 동료로서도 살고 싶어.

목공방을 처음 다니기 시작했을 때, 엄마는 말했지. 네가 만든 가구들로 전시장을 만들어야겠다고. 아니, 엄마한테 내가 배운 것들을 하나씩 알려줄 거야. 목공방에서 배운 것들을 엄마에게도 읊어줄 거야. 머리를 질끈 묶고 앞치마와 장갑을 한 채 테이블 쏘우 앞에서 목재를 자르고 장부 구멍에 목재를 끼워 넣으면서 작고 튼튼한 스툴을 만들어내는 엄마를 상상해. 엄마, 어디로든 갈 수 있어. 엄마의 선택에 반대하지 않을 사람이 여기 있어. 뭐가 걱정이야. '보고 싶은 게 걱정이지.'

/

당신을 데려다줄 기록

/

며칠 전에는 빌라와 빌라 사이 계단에서 낮잠 자는 고양이를 보았습니다. 일과처럼 찾아온 스트레스에 푹 숙이고 있던 고개가 번쩍 들렸습니다. 반걸음씩 다가가면서 이어폰에서 흘러나온 '믿어요, 내 안의 사랑과 평화'라는 가사를 따라 불렀어요. 한쪽 다리가 삐져나온 것도 모른 채 제 발을 베고 잠든 노란색 고양이는 발소리에 놀라 몸을 일으켜 세운 뒤 눈이 감긴 채로 멀뚱히 앉았습니다. 저도 앞에 쭈그리고 앉아 5분 동안 마주 보고 있었습니다. 눈을 서서히 뜬 고양이는 앞발을 앞으로 내밀고 등과 엉덩이를 쭉 뒤로 당기며 기지개를 켰습니다. 동영상으로 몸짓을 따라 찍었습니다. 계단을 종종 내려온 고양이는 콘크리트 사이 위로 솟은 잡초 냄새를 맡으며 제 옆을 지나쳤습니다. 지팡이 모양으로 꼬리를 세운 녀석은 단잠을 꾼 듯 나른한 표정을 짓고 있었어요.

이솝 우화의 주인공처럼 유유히 제 곁을 지나쳐 골목 모퉁이에 가 앉은 고양이를 바라보다 집에서 고양이용 캔을 하나 가져왔습니다. 이곳은 잠자기 좋은 계단도 있고, 깨우긴 했지만 밥을 잘 챙겨줄 수 있는 사람도 있단다. 또 자러 오렴, 또 꿈꾸러 오렴. 골목 담장 뒤에 캔을 숨겨놓은 뒤 멀찍이 떨어져 있는 고양이에게 인사하고 집으로 들어왔어요. 모래로 엉망이 된 바닥과 굴러다니는 털 뭉치, 엎어져 있는 화분, 고양이들 털이 뒤섞여 회색 빛깔이 되어버린 이불까지 눈에 선명하게 들어왔습니다. 동화 속 같았다가 지극히 현실이었다가……. 집 청소를 하며 노란 고양이가 한가롭게 걷는 모습을 떠올립니다. 옷이 금방 젖어버릴 것 같은 습한 하루, 곧 비가 내릴 것처럼 우중충하던 하늘, 계단 사이로 걷는 나른한 몸짓. 무수한 여름의 날들 중에서도 또렷하게 기억되었습니다.

인스타그램의 알림은 몇 년 전 오늘 제가 옛 애인과 함께 동네 카페에서 멜론 빙수를 먹었다고 일깨워주더라고요. 연하늘색 재킷에 망사로 된 흰 민소매 셔츠를 입고 검정색 초커를 하고서요. 분홍색 필터로 찍은 사진을 보는 동안 마음이 애매하게 몽글거렸습니다. 과거의 저는 치열하게 연애하면서도 몇 번이나 사랑의 모호함에 절뚝거렸거든요. 네가 나를 사랑한다는 걸 내가 어디서 확신할 수 있는지 계속 묻거나 내가 주는 사랑에 비해 너의 사랑은 작은 것 같다는 말로 몇 번이나 스스로와 연인을 괴롭히곤 했습니다. 몇 년 전의 내가 지난날을 알려줍니다. 나를 고난에 빠뜨렸던 사랑이 지난날들을 귀띔해줍니다. 굳이 연인이 아니더라도, 너무 사랑한 나머지 적거나 찍어두는 기록들은 지난 시절 알림이로 열심히 활동하고 있습니다. 인스타그램의 3천 개가 넘는 사진을 정리하지 않는 이유도 그렇습니다. 사랑의 기록들이 다시 일깨우는 사랑, 더군다나 변해가는 내 모습을 촘촘히 기록해 놓는 사랑은 어떤 것보다 재밌고 훌륭해 보입니다.

요즘은 집에 있는 고양이 형제가 저에게 시간을 알려줍니다. 연이가 종알종알 말하는 시간은 새벽 다섯 시, 연이와 강이가 우다다를 시작하는 시간은 새벽 두 시부터 네 시, 강이가 잠투정하는 시간은 아침 여덟 시와 저녁 일곱 시와 밤 열한

시 등등……. 사랑하는 것들을 나열하다 보면 하루가 가득 차 있습니다. 시절을 알려주는 나의 사랑들, 사랑의 발자취를 남기며 다음 하루로 향합니다.

/

무패
사랑

/

좋아하는 마음은 무엇을 가능케 할까. 민주야, 너를 생각하면 자연스럽게 그 마음을 떠올리게 돼. 아마 우리의 첫 만남이 그 마음과 밀접한 관련이 있어서일지도 몰라. 3년 전에 내가 한 아이돌을 무지하게 사랑했던 시절, 콘서트 표를 못 구했다고 이래저래 한탄하고 있을 때 네가 나한테 두 좌석을 예매했는데 팔려고 했던 한 자리라도 주겠다고 메시지를 보냈었잖아. 그때 너는 내가 좋아했던 아이돌보다 더 위대한 사람으로 보였어. 사랑으로 가는 통로에 길잡이가 있다면 나는 너의 이름을 말했을지도 모르겠다. 네가 준 표로 콘서트를 보고 온

뒤에 한 번 더 가고 싶어서 또 다른 날의 티켓을 구해 보고 오기도 했지.

종종 떠올려봐. 3년 전 여름의 나, 좁은 원룸에 굿즈를 둘 곳을 못 찾아 침대 위에 펼치고 사진을 찍던 나, 콘서트를 기다리다 지쳐서 공원 앞 작은 벤치에서 누워 자는 나, 멤버들의 모습을 닮은 인형을 사 모으고 그들에게 각각 이름을 지어주던 나, 공을 드리듯 매일 밤 그들의 행복에 대해 기도하던 나. 여러 모습이 겹쳐 있지만 그중에서도 가장 재밌었던 건 사랑으로 했던 모험이었어. 인스타그램에 콘서트 표를 구한다는 글을 올릴 용기는 어디서 튀어나왔을까, 트위터에서 콘서트 동행을 구해 같이 굿즈 나눔을 받으러 다니던 용기는 또 어디서 시작된 것일까. 지금이라면 더욱 하지 못했을 것들이 사랑으로 용인되던 때. 가끔 그 시기를 부러워해. 그 시절이 없었더라면 나는 나조차도 사랑하지 못했을 거야. 너와 같이했던 덕질은 사랑이 사람을 어디까지 이끌 수 있는지에 대해 알려줬어. 내가 사랑으로 어디까지 갈 수 있는지, 사랑은 어떤 걸 가능하게 하는지, 사랑으로 일궈낸 일들의 값어치는 무엇인지 등등……. 덕질을 겪지 않았더라면 내가 이렇게까지 사랑을 맹신하는 사람이 될 수 있었을까?

어떤 책에 내가 이런 메모를 남겨두었더라. 취미는 10년 후의 자신을 만드는 일, 여러 개의 자아가 생기는 일이라고 말이야. 우리는 보통 여러 일을 하면서도 하나의 자아로만 생각하게 되잖아. 일하는 내가 실수하면 모든 게 잘못된 것만 같고, 앞으로 하는 다른 일에서도 족족 실패할 것 같고. 하지만 난 덕질을 할 때만큼은 다른 자아와 만났던 것 같아. 얘는 덕후 백가희지. 줄여서 '덕백이'라 불러볼게. 덕백이는 실패를 몰라. 덕후에게 콘서트 예매 실패나 좋아하는 아티스트의 SNS 탈퇴로 인한 상실감은 있어도 사랑의 실패는 없거든. 너는 나보다 더 잘 알겠지만, 덕후들의 위대한 힘은 그렇잖아. 마르지 않는 샘물처럼 사랑을 쏟아낼 수 있다는 것. 누구보다 끈기 없이 이런저런 일을 펼치는 내게 덕질은 몇 년 동안 끊임없이 가르쳐주었어. 내가 이렇게까지 사랑에 마음을 쓸 수 있구나. 영원한 사랑이 어쩌면 있을 수도 있겠구나. 영원이라는 말은 절대로 사랑에 붙이면 안 된다고 생각해왔는데 정말 새로웠지. 영원하지 못한 사람이 할 수 있는 영원의 사랑도 있겠구나 생각했어. 몇 년째 사랑에 힘내고 있는 너처럼 말이야.

용기를 주는 사랑, 무모하게 하는 사랑, 영원의 사랑. 사랑의 다른 면면들을 보면서 네가 가지고 있는 사랑에 대해서도 궁금한 밤이야. 너는 그 사랑으로 무엇이 가능하게 됐는지, 설령 가능하게 한 것이 없다고 하더라도 끊임없이 사랑하는 이유는 무엇인지. 그래, 이유야 있겠어. 그냥 좋으니까 좋은 거지. 오래 사랑했으면 좋겠어. 설령 여러 자아의 민주들이 실패를 겪어도, 덕후 민주로부터 사랑을 충전받고 나아가기를 바라. 그 민주는 실패를 모를 테니까.

/

입을 빌려 말하는 사랑

/

그리움이 미움으로 바뀐 상황을 어쨌든 넘기고 싶은 것이다. 스스로에게 속임수를 써가면서까지. 그러나 수애도 곧 알게 되리라. 미움은 그리움보다 끈질기고 힘겹다. 미워하기에 더 많이 더 자주 생각난다는 사실을 인정하고 말리라.

_조창인, 『살아만 있어줘』, 밝은세상

리야, 안녕. 잘 지내나 모르겠어. 나는 그럭저럭 지내. 아침에 일어나서 운동하고 검은 콩가루를 우유에 타 마시고, 고양이들의 밥을 챙겨준 뒤에 집을 나서. 회사에 갔다가 저녁에는 터덜터덜 들어와 하얗고 검은 고양이들과 저녁을 보내지. 나는 아직도 너를 그리워해. 솔직히 말하자면 그리움이 원망과 미련으로 바뀌지 않게 하기 위해 안간힘을 쓰면서 너를 그리워하고 있어. 네가 미운 마음과 그리운 마음이 포개져 곧 다시 너를 사랑할 수 있을 것 같기도 해.

미움과 사랑은 겹치는 글자가 단 한 개도 없지만, 나는 미움에서 사랑을 자주 읽어. 사랑에 빠져 있을 때는 미움을 다 잊어버려도 사랑이 끝나고 그리움에서 미움으로, 미움에서 그리움으로 갈 때 사랑을 읽지. 계절에서 계절로 넘어갈 때처럼. 여름에서 겨울로 가면 다시 여름의 녹음과 후덥지근한 바람이 그리운 것처럼 말이야.

우리 엄마는 아직도 가끔 너의 안부를 물어. '리는 잘 지낸대?' 확인할 방법이 없어서 나는 '나도 잘 몰라' 하고 말을 돌려버리고는 해. 세상에서 제일 가깝다고 생각했던 우리가 가장 멀리 떨어진 사람이 되었다는 것을 인정하고 싶지 않아. 고작 잘 지내고 못 지내고 안부 하나 못 물어볼 정도로 말이야. 이제 너의 이름은 다시 못 볼 사람 명단에 들었지. 첫눈에 반한다, 운명, 천생연분이라는 말을 네 덕분에 처음 믿었는데,

다시 너로 인해 믿지 않게 되었어. 간간이 네 소식은 듣고 있어. 친구가 한 번씩 전해주더라고. 네가 어디에서 알바를 하고, 어디서 살고 있으며, 어떤 사람을 만나는지…….

언제 한 번은 네가 다른 사람을 만난다길래 나도 빨리 누군가를 만나야겠다는 심정으로 헌팅 술집에 간 적도 있어. 근데, 거기에 너만 한 사람이 있을 리가 없지. 다들 하룻밤 상대를 구하는 야수의 눈빛이었거든. '저희도 둘인데, 같이 노실래요?' 하면서 짓는 음흉한 미소와 시선. 그들은 그냥 밤과 새벽 사이 영혼을 몸으로 달래줄 누군가만 있으면 됐던 거야. 우리의 만남만 거룩하고 고귀하다는 뜻이 아니야. 나는 연애가 아니라 우리를 그리워했던 거였어. 아침과 한낮과 저녁과 밤과 새벽, 심지어는 정의하지 못하는 시간까지 서로의 영혼을 달래줄 수 있는 우리를 말이야. 무슨 경쟁 심리로 거길 들어갔고, 혼자 털레털레 나왔는지. 내 모습이 웃겨서 울고 말았어.

영화 〈아저씨〉에는 이런 대사가 나와. '너무 아는 척하고 싶으면, 모르는 척하고 싶어져.' 이 말이 어느 순간 모든 빛을 관통하고 마음에 내려앉았어. 바람에 떨어지는 벚꽃 잎처럼, 밀려오는 파도처럼, 갈 길이 바빠 굴러다니는 낙엽처럼, 아무도 모르는 틈으로 내리는 눈처럼. 리야, 나는 너를 너무 아는 척 하고 싶어서 너무 모르는 척하고 싶었어. 너의 소식이 들려올 때마다 시큰둥하게 그렇구나, 하며 웃어 넘겼지만 한편으로는 안도하고 또 미워했지. 어떻게 나 없이 살 수가 있니.

리야, 늘 웃게 해주고 싶었어. 그래서 나를 낮추고 너를 드높이는 방식으로 얼토당토않은 헛소리를 남발하곤 했지. 내가 갈 수 있는 사랑의 최선과 끝은 너라고 생각했거든. 내가 어떻게 좁아지든, 약해지든, 납작해지든 상관하지 않아도 충분했어. 너무 잘 사랑하고 싶어서 매번 실패했던 것 같아. 침묵을 사랑하는 방법을 몰랐어. 내가 가진 감정이 그저 우습게 지나가는 방향으로, 나를 덜어내는 방향으로만 지속되고 있었지. 요즘은 가끔 그런 생각을 해. 내가 나를 아는 상태에서 너를 만났더라면 더 유쾌하고, 다양한 사랑을 할 수 있지 않았겠냐고, 사랑을 뛰어넘는 단어를 찾아보자고, 사랑으로 숨어버리는 감정을 하나씩 끄집어내서 이야기해보자고. 딱 한 번 후회했어.

코미디언이자 배우인 조지 칼린은 “우리는 술, 담배를 너무 많이 하고, 무분별한 소비를 하며, 너무 적게 웃고, 너무 빠르게 운전하며, 쉽게 화낸다. (…) 우리는 살아남는 법은 배웠지만 살아가는 것은 배우지 못했다. 시간만 쌓여갈 뿐 인생을 쌓아가진 않았다"라고 말한 적 있어. 우리 두 사람도 마찬가지였지.

술, 담배를 너무 많이 하고, 너무 적게 웃고, 쉽게 화내고. 우리는 살아남는 법은 배웠지만 살아가는 것을 배우지 못했던 거야. 남발하는 실수 사이에서 서로를 돌보는 데에만 신경쓰다가 자신을 돌보지 않았던 것 같아. 이제야 알게 되었어. 사람은 사람 없이도 어떻게든 살아진다는 걸 말이야. 너에게 너무 잘하고 싶어서 못했던 마음이, 너무 그리워하지 않으려고 미워했던 마음이, 너무 웃게 해주고 싶어서 울었던 마음이 우리를 살게 만든다는 걸. 더 나아진 사랑과 사람으로 한 발 내디딜 수 있게 해.

나 없이도 사는 너는, 정말로 웃을 수 있게 된 거겠지.
많은 입을 빌려 너에게 사랑을 전해.
비로소 사랑을 알 수 있을 때
우리는 다시 한번 사랑하게 될 거야.
잘 지내.
마음에서 마음이.

많은 입을 빌려

너에게 사랑을 전해

/

기쁨의 재주

/

바이러스로 생업에 직격탄을 맞았다는 자영업자의 이야기는 저와 관계없을 줄 알았습니다. 결국 코로나 시대의 비운을 맞고서야 다시 바이러스 이야기를 하게 됩니다. 이번 주만 해도 바이러스 없는 세상에 대한 가정은 고사하고 바이러스가 너무나도 생생하여 고달픈 이야기를 자주 했습니다. 희재, 저는 이 글을 쓰고 있는 지금, 계획대로라면 광명에서 서울로 돌아오는 5627번 버스 안이어야 합니다. 아이들과의 즐거운 만남을 버스 안에서 쉼 없이 복기하며 오늘은 어떤 것에 대해 쓸까 고민하고 있어야 하지요. 아이들이 제게 새롭게 정의해

준 글쓰기에 대하여 고심하다가 무한한 원동력을 느껴버리는 일도 경험하고 있어야 합니다. 집도 아니고, 회사도 아니고 버스 안에서요. 하지만 저는 지금 침대 위에서 이 글을 씁니다. 오늘 외출이라고는 아까 모아둔 신문지를 버릴 때뿐이었으니, 손목에 있던 애플워치도 일찍이 빼 충전기 위에 올렸습니다. 이번 주말은 나가지 않을 작정입니다. 광명과 서울, 그리고 목공방까지 주말마다 정해진 스케줄이 있지만, 바깥을 돌아다니면서 누군가에게 불안한 존재가 되기는 싫습니다. 당신은 알고 계실 거라 믿으며 이 편지를 씁니다. 오프라인 만남은 지속 가능성을 상실한 채로 머무르고 있고, 몇 달째 못 본 가족들과도 쉬운 약속 하나 잡기 힘든 시대입니다. 저의 가족만 해도 영상 통화를 하는 횟수가 늘었고, 음악이 그리운 사람들은 온라인 콘서트를 즐기고 회사에서는 재택 근무와 비대면 화상 회의를 권장하고 있습니다. 광명시 청소년수련관도 휴관에 들어가고, 예정되었던 글쓰기 강의는 온라인으로 전환되어 줌(ZOOM)을 통해 아이들을 만났습니다.

희재, 기쁠 희(喜)에 재주 재(才)를 사용한다고 하셨었죠. 처음 당신의 이름을 들었을 때 들이닥쳤던 경이로움을 아직도 잊지 못하고 있습니다. 당신은 재주 재를 말하면서 근본이라는 뜻도 있다고, 기쁨의 근본이 되고 싶다고 하셨던 것도 똑똑히 기억하고 있습니다. 저는 오늘 당신의 이름과 똑 닮은 아이들을 보고 왔습니다. 아이들은 늘 귀하고 사랑스럽습니다. 보고 있으면 무지렁이 같은 제 현실과 제 태도와 제 자세가 조금은 희석되는 기분이 듭니다. 마치 당신의 이름을 처음 들었던 순간처럼 말입니다. 당신은 사랑을 알려주지 않았지만, 기쁨의 재주에 대해 종종 말해주셨죠. 누군가와 함께 웃고 싶은 것도 기쁨이지만, 누군가와 함께 울고 싶은 것도 기쁨의 속성이라고요. 슬픔의 두께가 두꺼워질수록 기쁨이 더욱 극대화되어 보인다고, 내 주변의 기쁨과 슬픔을 알아채는 재주를 갖고 싶다고 말입니다.

첫 수업시간, 아이들에게 글쓰기가 무엇인지에 대해 물어봤습니다. 행동이나 감정에 대해 한 단어로 정의하는 것을 싫어하면서 또 묻게 됩니다. 할 말이 없을 때면 나이와 사는 곳을 묻는 낯가림쟁이가 글쓰기 강사가 된다고 해서 갑자기 바뀌진 않으니 당신의 넉넉한 마음으로 이해해주면 좋겠군요. 열두 살 서연이는 글은 일상에서, 열세 살 예지는 글은 감정에서, 열여섯 살 준석이는 글은 손에서 시작된다고 했습니다. 여러 가지 정의와 함께 자신이 왜 그렇게 생각하는지에 대해서도 말해주었습니다. 지극히 일상적인 것을 누리지 못하는 요즘, 감정을 표현하는 것도 자연스럽지 못한 지금, 악수도 못하는 시대에 아이들의 정의는 글이 왜 존재해야 하는지에 대해 알려주었습니다. 일상을 발견하고, 감정을 정돈하고, 손으로 쓰는 글.

희재, 아이들은 제가 아는 사람 중 가장 기쁨의 재주가 뛰어난 집단입니다. 글쓰기 수업에서 세 가지 주제를 내주었습니다. 현재 내가 가장 관심 있는 것을 소개하는 글 쓰기, 내가 아닌 나의 모습을 가정하여 글 쓰기, 사랑하는 사람에게 편지 쓰기. 초중등반 친구들의 주제는 '현재의 내가 관심 있는 것', 성인반 친구들 주제는 '편지 쓰기'가 많았습니다. 저 역시 당신에게 편지를 쓰고 있고요. 문득 생각하게 되었습니다. 아이들은 거침없고, 속내를 감추지 않고, 직관적이며, 능동적인 존재이고, 현재의 나 그러니까 본질에 집중하는 능력이 뛰어나다는 사실을요. 현재의 내가 무엇에 관심 있는지 가장 적극적으로 이야기하는 존재라는 것을 말입니다. 그런 아이들이 자라서 남에게 사랑을 말하고, 진실됨을 이야기할 수 있는 어른이 되는 거예요. 또 그 아이들은 자라서 이런 어른이 된다고 믿고 싶어졌습니다. 누군가에게 고백하는 것이 너무나도 어렵다는 것을 알지만 그래도 다시 사랑을 말하며 자신의 마음을 툭툭 터는 작은 배려와 큰 용기를 가진 어른이요. 어쩐지 눈물이 날 것 같으면서도 기뻤습니다. 이게 바로 당신이 말한 기쁨의 속성이겠지요.

글은 나와 남을 이해하는 소통의 창구이면서 여러 감정이 충돌하게 되는 매개체이기도 합니다. 희재, 당신이 사랑스러울 때도 있지만, 자기 연민에 빠진 당신이 보기 싫을 만큼 미워질 때도 있어요. 모든 사랑이 그렇겠죠. 어른들은 그런 사랑을 수십 번, 많게는 수천 번을 겪으면서도 다시 내일의 사랑을 글로 씁니다. 아이들은 이제 배워나가겠죠. 자신의 세계에서 슬그머니 확장되는 사랑의 묘미를요. 저는 오늘 어른의 배려와 용기, 아이들의 담대함과 강함을 배웠습니다. 사랑과 기쁨의 재주가 뛰어난 사람들을 떠올리며 이만 글을 줄입니다.

누군가와 함께 웃고 싶은 것도
기쁨이지만, 함께 울고 싶은 것도
기쁨의 속성이라고요.

/

무모한
사랑

/

요즘 강에게 새로운 취미가 생겼습니다. 바로 같이 사는 사람의 무릎에 올라타는 것입니다. 일에 한창 열중하고 있는 사람의 옆에서 '야옹' 하고는 앞발을 허벅지 위에 툭 올려놓습니다. 곧 올라갈 테니 엎드릴 수 있게 자리를 마련하라는 뜻입니다. 사람이 다리를 꼬고 있거나 발꿈치를 들고 있으면 영 시큰둥한 듯 훑겨보고 자리를 뜹니다. 꼭 제가 있을 공간을 확보해주어야만 폴짝 올라와 선잠을 청합니다. 턱은 오른쪽 팔에 올리고, 눈을 감으면서요. 귀엽고 말랑한 것에 약한 인간은 강의 맨질맨질한 이마를 투박한 손길로 넘겨줍니다. 강은 기분이 묘합니다. 옆구리가 간질간질하고 성대가 울리는 듯한 기분으로 다음 손길을 기다립니다. 강의 귀는 뒤로 바짝 누워 곧 뒤통수와 붙을 것 같군요. 편안한 몸과 마음에 마음 안에서 노래가 삐질삐질 새어나옵니다. 인간들이 날씨 좋은 날 콧소리를 흥얼거리는 것과 같다고 하면 이해할까요? 인간은 강이 제일 좋아하는 옆구리를 공략합니다. 노래는 점점 참을 수 없이 커집니다. 인간은 강의 몸 이곳저곳을 만지다가 폭 껴안아보고 이마에 입술을 꾹 내리찍습니다. 고양이의 체온은 인간보다 2도 정도 높다고 했던가요. 강은 인간의 차가운 입술과 달아오르는 몸의 온도차를 느끼며 날씨를 체감합니다. 인간의 몸이 유독 찹니다. 강은 네 번의 계절을 이 인간과 몸을 비비며 보내면서 알게 되었습니다. 맨 다리를 드러내고 있으면 여름, 긴팔과 긴바지를 입고 저를 자주 찾으면 겨울입니다. 세상에서 가장 귀한 핫팩이 되어주겠다는 생각으로 강은 몸을 더 밀착합니다.

강의 뱃살에 손이 불쑥 찾아옵니다. 이 어리석은 인간은 강이 뱃살을 만지는 행위를 싫어하는 걸 알면서도 매일 반복합니다. 하지 말라고 웅얼거려도 들리지 않는 듯 입꼬리는 양껏 끌어올리고 뱃살을 조물댑니다. 강이 뒷발로 손바닥을 걷어

차도 인간은 아랑곳하지 않습니다. 정도가 없는 인간. 강은 생각합니다. 인간의 호불호는 다른 존재의 감정과는 상관없는 것일까? 내가 이렇게 싫어하는데 왜 자꾸 만질까? 강은 이해할 수 없습니다. 옳고 그른 것, 좋고 싫은 것이 분명하기 때문입니다.

같이 사는 이 인간은 자신이 아닌 다른 인간을 사랑할 때마다 취향이 애매모호해지는 것 같습니다. 옷차림부터 바뀝니다. 맨투맨과 면바지를 줄곧 입다가 어느 날부터는 셔츠와 슬랙스를 교복처럼 입고 다닙니다. 매일 컴퓨터에서 흘러나오던 플레이리스트도 조금 바뀌어 있습니다. 한 번은 저 인간이 통화하는 걸 들어보았습니다. 나는, 너를 사랑하는 내가 너무 부끄러워. 그러고 인간은 엉엉 울었습니다. 강은 알 수 없었습니다. 사랑은 부끄러운 것이 아닌데 왜 저럴까? 강은 인간의 사랑을 도통 이해할 수 없습니다. 강은 사랑한다고 자신을 바꿀 생각 따위 하지 않기 때문입니다. 강은 늘 사랑해도 안 되는 것은 안 된다고 선명한 몸짓으로 전합니다. 뱃살을 만질 때 뒷발로 걷어차는 것처럼 말이죠.

인간은 언젠가 '혹시 사랑의 개방성이란 말 들어보셨어요?

한 사람(세계)을 사랑하다가 세상 전체를 사랑하게 된다면 세상 전체가 나를 향해 마음의 문을 여는 셈입니다. 사랑을 통할 때 사람들은 가장 열렬히 세계를 탐색할 수 있습니다'라는 구절을 읽어주었습니다. 세상 전체가 나를 향해 마음의 문을 연다고? 강은 콧방귀를 뀌었습니다. 한 명치의 마음만 있으면 되지, 세계를 열렬히 탐색할 필요가 있나. 강은 사랑이 어렵습니다. 저 인간의 확확 바뀌는 취향도 잘 모르겠고, 자신의 가난한 취향을 원망하는 소리도 이해하지 못하겠고, 애인의 모든 것을 따라하려는 태도는 더욱 이해하지 못하겠습니다. 저 인간은 하루에도 수십 번 다른 인간에게 자신을 투신했습니다. 너를 사랑한 마음의 총량은 내가 사랑한 취향의 총량과도 같다고, 말했던 것 같습니다. 별별 사랑을 다 한다고 생각했지만, 강은 그날도 인간의 무릎 위에 올라탔습니다.

강은 사랑을 본인이 책임질 수 있는 정도로만 해야 한다고 생각해왔습니다. 실제로 그렇게 배우기도 했습니다. 강의 엄마가 다시 골목을 나설 때, 강이 차체와 바퀴 사이에 끼어 홀로 울었을 때, 데려간 아저씨가 다시 자신을 밖으로 돌려놓았을 때. 사랑은 함부로 해서 안 되는 것, 책임질 수 있는 정도로만 하는 것이라고 정의하게 되었습니다. 이 인간을 만나기 전까지 세상에 무모해지는 사랑이 있는지도 몰랐습니다.

무모하다는 말은 길에서 통용되지 않는 단어입니다. 그 말의 전제는 뒷일을 생각하지 않는다는 뜻이니까요. 길 위의 삶은 하루하루 신중해져야만 합니다. 가급적이면 인간이 다닐 때는 통로를 방해하지 않아야 하고, 새벽에 크게 울지도 않아야 하며, 눈에 띄지 않는 곳으로 살금살금 걸어야 합니다. 무모하게 길을 나서거나 통로를 방해했다간 길 밖으로 쫓겨나기 십상입니다. 강은 이 인간을 처음 만날 때를 떠올렸습니다. 자신이 차 바퀴 위에 숨 죽이고 있을 때 허연 얼굴을 불쑥 들이밀던 인간, 들고 있던 이불을 현관에 내팽개치고 꼬질꼬질한 흰 티셔츠 안으로 자신을 안고 무턱대고 달려가던 인간. 그때 강은 지금부터 가장 무모한 삶을 살게 될지도 모른다고 예감했습니다.

별별 사랑을 다 한다고 생각했지만,
강은 그날도 인간의 무릎 위에
올라탔습니다.

/

사랑의
단상

/

1

연락 문화의 토대는 과한 집착인 것 같다는 생각이 들 때가 있다. 특히 연인 사이에서는 더더욱. 분 단위로 시간을 쪼개어 나는 지금 이걸 하고 있고, 이따가 이것을 할 거고, 오늘은 일이 많아 힘들다 등등……. 여러 이야기들을 순식간에 뱉어내잖아. 그걸 다 기억하는 사람이 있을까? 내가 6월 30일 점심에 무얼 먹었고, 몇 시 몇 분에 가장 힘들어했는지, 비가 올 때마다 몸이 축축 처진다는 걸 기억할 수 있을까? 적으면 몇십 개, 많으면 몇백 개의 문장이 오고 가는데. 마치 소나기처럼 퍼붓

다가 금방 그쳐버리고. 이별이 더욱 허전하고 슬픈 이유는 이 연락 방식이 8할일 테다. 나의 일과를 나누는 사람이 사라지는 거니까.

1-1

문장을 허투루 읽지 않는 사람이 되자고 마음먹는다. 책에 줄을 긋는 습관도 눈으로 슥슥 읽어버리는 버릇 때문에 생긴 건데, 누군가와 연락할 때도 그러면 좋겠다. 줄을 그어가며, 중요한 문장과 단어에는 물결과 동그라미를 치는 거지, 상대의 말에 귀 기울이는 것부터 연습하도록. 사랑의 첫 번째 재료는 기억이다. '나는 너의 짧은 문장에서도 감정을 읽어낸다, 너의 고통을 짊어질 순 없겠지만 네가 싫어하는 걸 같이 하지 않을 자신이 있다, 네가 내게 건네는 말이 얼마나 귀중한 것인지 안다, 우리의 이별이 얼마나 괴로울 것인지 안다'라고 일러주는 것.

기억하는 자만이 사랑할 수 있다고 믿는다. 사랑하는 자만이 기억할 수 있다고도 믿는다. 누군가를 나만큼이나 귀하게 여기는 게 얼마나 어려운데.

2

어제는 연이의 등을 만지면서 속삭였다. 누나가 너를 지켜줄게. 너를 사랑해줄게. 네가 아프지 않게 해줄게. 사실 다 거짓말이 되어버릴지도 모른다. 나는 너를 평생 지키지 못할 수도, 사랑하지 못할 수도, 아프지 않게 못할 수도 있다. 그래서 사랑은 선의의 거짓말의 연속이겠지. 이 거짓말을 들키지 않아야 영원과 사랑이 승리하더라.

3

또 어쩌다가 사랑, 사랑, 사랑 노래하는 앵무새가 되었나. 질린대도 어쩔 수 없겠다. '사랑'이 좋다. 독자적인 자신의 인생에 대해 쓰는 사람도 있을 것이고, 야망과 찬란한 미래에 대해 쓰는 사람도 있을 테지만. 나는 이 모든 것들을 사랑으로 말하고 싶다. 언제쯤 사랑의 동의어가 연애가 아니라는 걸 설명하지 않아도 될까. 오늘은 야구를 보다가 화가 치솟았는데 이것도 사랑임을 안다. 이제 좀 알겠다. 나는 사랑 쓰기가 즐겁다는 것을.

4

너무 지쳐서 씻지도 못하고 침대에서 잠들었다. 일어나 보니 오른쪽 뺨 옆에는 강이가 왼쪽 겨드랑이에는 연이가 끼어 있더라. 지금은 책상에서 일기를 쓰고 있는데, 맞은편 의자에는 연이가 뒷편 스크래처 안에는 강이가 자고 있다. 사랑은 가장 가까이에 있어주는 것인가.

5

아빠 백준호가 가족 채팅방에 사진을 올렸다. 노란 고양이가 강아지 오토의 집 근처에서 서성거리고 있더라.

백준호: 지 집같이 들락날락하네

나: 귀여워. 밥 줘라.

백준호: 자꾸 온다…… 그라믄

나: 굶기는 것보단 낫지

- 10분 뒤 -

백준호: 줬다.

6

줬다. 줬다. 줬다……. 그래. 사랑은 자꾸 주는 것. 자꾸 뻗어 나가는 것.

7

아무래도 사랑을 재정의하는 건 의미 없지. 지금 이 순간에도 사랑은 저열하고, 치욕적이고, 옳지 않다고 생각하는 사람들도 있을 테니까. 사랑은 다른 이름으로, 다른 언어로 쓰여간다. 강과 연과 준호와 미령의 사랑은 어떤 이름일까.

8

각자의 언어로 사랑을 기억해보는 것도 방법이겠다.

사랑은 자꾸 주는 것.
자꾸 뻗어나가는 것.

/

흐르는 물 위로
사랑을 띄워 보내

/

안녕, 경주는 지낼 만하니? 가을의 경주는 아직 본 적 없지만, 아주 멋스러운 풍경일 거라는 생각이 들어. 초봄, 초여름, 초겨울에만 가보았거든. 가을에 가게 된다면 경주의 사계를 다 보게 되니까 아직은 마음을 참고 있어. 처음 보는 가을이자 사계 중 마지막으로 보게 되는 풍경일 테니 말이야. 너는 비겁한 나를 잘 알겠지. 나는 마지막을 최대한 미루잖아. 다음이 있을 거라 생각하면서 해야 할 표현이나 말을 아끼다 연인을 놓친 적도 있고, 마지막으로 찾아온 기회인지도 모르고 허술하게 타이밍을 놓치고 후회하고, 지금 당장 일어날 일을 외면하고 싶어서 내일의 나에게 하루의 끝을 넘겨두기도 해. 이불을 덮을 때 죄책감과 후회와 원망과 함께 잠드는 걸 너도 알 거야. 나는 일생에서 일어나는 중대한 일들을 너에게 털어놓고는 했었으니까.

이름 한자를 뭘 쓴다고 했더라? 요즘 나는 본성이 이름을 닮아간다고 믿고 있어. 그렇게 생각해보면 세상에 나쁜 본성은 없더라. 이름은 전대의 사람이 앞으로 가장 사랑하게 될 후대의 사람을 생각하며 지어주는 이름이니까. 이름의 뜻을 물어보는 데에 재미를 붙이고 있어. 주변만 해도 기쁨의 재주꾼과 화목하게 살 사람과 이루고자 하는 바를 이룰 사람이 있지. 조금 더 좋은 인생을 살기 위해 이름을 바꾸는 경우도 많이 봤어. 그 이름이 정말 잘 어울린다고 생각했는데, 이름이 인생을 가로막는다는 말에 바꾼 친구도 있어.

사람들은 이름과 인생을 자주 혼동하곤 해. 나도 내가 이렇게 된 이유를 이름 탓을 하기도 했고. 마치 내 이름에 '계집 희(姬)'가 들어가 있어서 내가 '계집'에 목을 맸던 것처럼. 계집이 무엇일까 고민하면서 나를 혹사하던 밤이 죽죽 떠올라. 천성이 대충대충인 사람인데 여자답지 못하다는 이유로 놀림받았던 어떤 시절이 지나쳐가. 어른이 되면 꼭 한자를 바꿀 거라 다짐하기도 했어. 이 다짐은 불과 재작년까지 생생히 살아 있었는데 지금은 잊어버렸단다. 이름을 지어준 엄마가 그랬거든. 너에게 가장 좋은 인생을 주고 싶어서 지은 이름이라고. 그래, 그런 좋은 인생을 주고자 한 건데 내가 그깟 계집 희에 목숨을 걸 순 없잖아. 나는 내 인생을 얽매왔던 족쇄를 풀어버리고 싶었거든. 이름은 바꾸지 않기로 했어. 이런 계집도 있다는 걸 보여주겠다고 마음만 바꿨어.

그래, 마침 너에게 답장이 왔구나. 정할 정(定)에 물 졸졸 흘러내릴 민(潣). 한자야 해석하는 사람의 마음이겠지만, 나는 꼭 이렇게 읽혀. 물이 흐르듯 자연스럽게 길을 만드는 사람, 물길을 바로잡는 사람, 물이 가진 고요만큼 안정된 사람. 정민아, 너는 언제나 물처럼 자연스럽게 길을 만들었어. 작은 시냇물이 풀숲 사이로 졸졸 흘러내리다 길을 만들고 오래 그곳에 머문 듯 착각하게 만드는 것처럼 말이야. 한 손을 옆 사람 어깨에 올리고 걷는 것도 10년이 더 된 버릇이지? 어기적어기적 걷는 걸음걸이를 참 오래 봐왔어. 저번 달에 그만둔 카페에서는 4년 넘게 일했고. 한 자리에 오래 머물지 못하고, 마음이 하루에도 수백 번 바뀌고 욕심 많은 나는 한 걸음걸이와 버릇과 터를 진득하게 고수하는 네가 얼마나 대단해 보이는지 몰라. 너의 모든 행동이 자연스러워 탄성이 나오기도 해. 아마 바다가 사람이 된다면 너의 얼굴을 하고 있을 거야. 잘 웃고, 잘 울고, 요동치는 감정들을 뒤로 하고 덤덤한 사람, 그것들을 받아들이는 사람. 내가 사랑하는 너의 얼굴이기도 해.

네 인생이 가장 편안하고 안정되기를 바랐지만, 잘 어울린다고 생각해도 바꾸어야만 했던 친구의 이름처럼 너의 인생을 삽시간에 바꾼다고 해도 내가 할 수 있는 일은 없어. 너의 인생이 내 마음을 책임질 이유는 없는 법이니까. 오래 살던 곳을 떠나 네가 경주에서 지낸다는 말을 들었을 때, 왠지 모르게 섭섭했었어. 나는 욕심이 많다고 했잖아. 욕심을 부리다 못해 혼자 서울로 올라온 주제에 나는 네가 언제나 거기 있을 거라고 착각했나 봐. 우리가 함께한 떡볶이 집이나 공원이 사라지는 것도 아닌데 추억만 거기 남아 있고 우리는 없어서 서운한 마음이 불쑥 차오르더라고. 그래서 이제야 물어. 경주는 어떤지, 너처럼 아름다운지.

새로 일을 시작해서 매일 긴장하며 출근한다고 했지. 나는 네가 긴장한 모습이 사실…… 좀 상상이 안 가. 덤덤한 얼굴이 워낙 익숙해서 그런가. 긴장하는 사람들의 얼굴을 떠올려 보면 어쩐지 꼭 상기되어 있잖아. 눈동자도 흔들리고, 손톱도 물어뜯고, 입안의 볼을 씹거나 머리를 뒤로 쓸어 넘기기도 하고, 입술을 깨물기도 하면서 말이야. 내가 가장 긴장하는 순간은 인스타그램에 글을 올리고 댓글을 읽을 때, 버스 정류장에 내렸는데 출근 시간을 1분 남겨두었을 때, 업무 결재를 받을 때, 글을 보낼 때, 목공방에서 톱니가 돌아가는 기계를 만질 때, 온라인 강의 시작을 앞두고 아이들을 기다릴 때……. 엄청 많아. 당연한 루틴처럼 긴장하며 하루를 시작해. 마음을 조이느라 주변을 돌아볼 여유도 없어져. 눈앞에 놓인 나의 일들이 너무 중요하기 때문이야.

정민아, 내가 생각하는 긴장은 새로 시작할 마음과 잘해볼 마음과 아끼는 마음이 공존하는 상태야. 있던 자리를 벗어나 나의 세계를 확장할 준비가 되었을 때 오는 상태야. 준비된 사람들에게 긴장은 찾아와 말해. '준비는 되었니? 그럼 나를 받아들이렴. 너는 지금의 마음을 비우고 새 마음을 준비하는 거야.' 나는 네 긴장된 얼굴을 조금도 떠올리지 못하면서 꼭 한 번 보고 싶다. 새 터전에서 새롭게 살아갈 준비가 된 너의 얼굴을 말이야. 긴장과 설렘과 두려움과 흥분이 교차하는 너의 얼굴을…….

네가 새 마음을 그냥 흘려보내지 않길 바라는 마음에, 내가 너를 응원하는 새 마음을 준비할 수 있기를 바라는 마음에 편지를 써. 너의 주위를 기웃거린 지도 벌써 10년이 되어가는구나. 앞으로 10년을 살아도 익숙해지지 않을 것 같아, 새삼 감탄하게 된다. 졸졸 흐르는 물 위로 사랑을 띄워 보내. 오늘은 꿈에서, 바다에서 만나.

어느 골목에서 잠들었니

III

다정을 담아

/

나를 이어주는
음악

/

제가 산책이나 운동을 할 때 절대로 빼놓지 않는 것은 음악입니다. 이번 연휴에도 강아지 오토와 함께 산을 다니면서 휴대전화로 음악을 크게 틀고 걸어 다녔습니다. 자전거를 타고 한강 변을 달리는 사람들이 왜 그렇게 트로트를 틀고 다니는지 알 것 같기도 했습니다. 오토의 똥을 치우면서도 절로 콧소리를 흥얼거렸습니다. EDM 음악이 나오면 비트에 맞춰 발걸음이 경쾌해지고, 발라드 음악이 나오면 고개를 두리번거리며 풍경을 감상했어요. 느린 음악은 재촉하는 마음까지 멀찍이 떨어뜨려 놓았습니다. 요즈음 저는 비트가 그다지 빠르지 않고, 통기타 소리가 적절하게 섞이면서 읊조리듯 노래하는 음악을 좋아합니다. 열아홉 살의 백가희는 최근 제 플레이리스트를 보고 나면 어이없어서 콧방귀를 뀔지도 모릅니다. 고등학교를 다닐 때만 해도 드럼 소리가 쾅쾅 울리고, 마치 할머니 소분 씨가 들으면 "저런 노래가 좋나?" 할 법한, 요란한 음악들을 좋아했었거든요.

선호하는 장르까진 없지만 음악을 꽤 좋아합니다. 음악에 삶을 담아내는 가수가 좋아서 그 장르를 사랑하기도 하고, 삶의 한 부분을 떼내어 위로해주는 음악이 좋아서 기타 악보를 다운 받아 어설프게 통기타로 따라서 친 적도 있었지요. 제가 처음으로 통기타를 배웠던 건 중학교 1학년 때입니다. 그즈음 저는 통기타를 치는 싱어송라이터라는 직업에 푹 빠져 있었고, 한번 배워보고 싶어서 성급히 들었던 방과 후 동아리가 시작이었어요. 40대의 남자 선생님은 매번 수업 전에 자신이 좋아하는 뮤지션의 공연 영상을 보여주었습니다. 지금 제가 좋아하는 기타 연주곡 8할은 그가 알려준 것입니다. 통기타 동아리의 첫 번째 완주 목표 곡은 그가 가장 좋아하는 곡 〈Knocking on heaven's door〉가 되었습니다. 통기타라곤 하나도 모르던 열네 살 아이들이 하나둘씩 모여서 코드를 배우고, '낙 낙 나킹 온 헤븐스 도어~'를 허밍하며 연주를 시작했습니다. 노는 게 낙이었던 아이들이 가만히 앉아서 기타를 연주하는 건 여간 쉬운 일이 아니었어요. 굳은살이 아프다고 엄살을 피우는 아이도, 혼자 거뜬히 완곡을 하던 아이도, 마음은 이미 완곡했지만 몸은 따라주지 않던 아이도 있었어요. 저는 세 번째에 해당되었고요.

동아리 수업 시간은 두 시간 남짓이었는데 기본 30분은 시시덕거리기 바빴습니다. 선생님은 이 한 곡만 제대로 하자고 우리를 타일렀고, 몇 달을 매달려 학교 축제까지 나가게 되었습니다. 드레스 코드는 흰 티셔츠와 청바지로 맞추고서요. 스마트폰도 없어 친구네 집 대문을 두드려야만 했던 때, 무료함을 달래는 방법이라곤 '크레이지 아케이드'와 '싸이월드'밖에 모르던 시절, 저는 처음으로 배움의 재미와 인내를 배웠습니다. 세상에 있는 수많은 달인과 싱어송라이터 들을 존경하게 되기도 했지요. 이 굳은살을 견디면서 저렇게 한다고? 그럼에도 저는 손가락 끝에 박인 굳은살이 뿌듯해 매일 엄마에게 손을 쫙 펴서 자랑했습니다. 지금은 기본인 C코드만 겨우 기억하고 있지만서도요.

〈Knocking on heaven's door〉를 들을 때마다 열네 살의 '사백이'가 된 것처럼 기타를 연주하고 싶어집니다. 통기타 가방을 들쳐 메고 거리의 음악가를 흉내내면서 걷던 흑역사도 덩달아 소환되기도 하고 온종일 기타를 쥐고 있느라 생긴 뻐근한 근육통에 어쩔 줄 모르던 시절이 눈앞으로 뚝 떨어집니다. 음악을 사랑하는 이유라고 한다면 이런 거였어요. 어느 시절을 뚝 떼내와서 내 몸에 붙여다주고, 내 눈 앞으로 데리고 오는 것 말이에요.

선호하는 음악 장르가 없다는 말을 다르게 읽으면 취향이 짬뽕이라는 말도 됩니다. 이런저런 음악을 다 좋아한다는 뜻이죠. 장르를 막론하고 K-POP부터 뉴에이지 음악까지 취향만 맞으면 된다는 생각으로 노래를 모으다 보니 플레이리스트는 벌써 600곡이 넘었습니다.

오늘은 출근길에 오마이걸의 〈내 얘길 들어봐〉를 들었습니다. '여름에는 이거지~' 혼잣말도 잊지 않고서요. 초여름을 앞두고 문득 듣게 된 건 '하늘이 날 반기고 세상은 아름다워'라는 가사에 훅 빠져들었던 어떤 날의 기억 때문입니다. 역삼동에서 신림동까지 자전거를 타고 한강 변으로 퇴근하던 날이었습니다. 괜히 자전거를 가져와서 이 고생을 하나 싶은 와중에 이 가사가 귀에 툭 내려앉았습니다. 잔바람이 내 머리칼을 쓸어 넘기고, 물결은 찰랑찰랑 일렁이면서 '하늘이 날 반기고 세상은 아름다워'라니. 모든 풍경이 노랫말 사이로 스며들었습니다. 산책하며 방실방실 웃던 아이들의 광대가, 한강 앞 잔디밭에 털썩 앉아 서로의 어깨와 머리에 고개를 기대고 있던 사람들과 앞서 자전거를 타고 달리는 이들의 종아리가 쫙쫙 펴지는 것까지……. 하늘이 날 반기고, 세상은 아름다운 순간이었어요.

음악은 제가 잃어버렸던 혹은 잊고 살던 시절을 현재와 이어주는 연결고리입니다. 아이유의 〈무릎〉을 들으면 삼촌이 물려준 노트북으로 영화를 보다가 문득 '내 방에서 달이 보이네?'라고 생각했던 제가 툭 튀어나옵니다. 015B의 〈1월부터 6월〉을 재생하면 눈앞에 런던 로열 오페라 하우스와 워털루 브릿지가 놓이고요. 내가 걷는 인도 바로 아래 템스강이 흐르는 것처럼 느껴질 때도 있어요. 샤이니의 〈초록비〉를 들으면 복개도로 옆 가로수길을 걷는 오토와 제가 떠오르고, 1415의 〈선을 그어주던가〉를 들으면 한강 잔디밭에 돗자리를 깔고 맥주를 마시면서 공연을 보았던 친구와 제가 나타나고,

엑소 백현과 수지의 듀엣 곡 〈Dream〉을 들으면 눈이 오던 날의 역삼동 3층 사무실이 생각납니다.

삶이 너무나 평이하고 지루하다고 느껴질 때쯤 노래를 다시 들으면 곳곳에 숨어 있던 시절들이 고개를 슬그머니 내밀었습니다. 내게도 이렇게까지 행복했던 기억이 있었구나, 되새길 수 있게 말이에요.

> 남들의 이야기를 잘 듣다 보면 그 이야기 사이사이에 그와 비슷한 내 경험의 기억들이 끼어듭니다. 책 또한 내 이야기를 덧붙이게 합니다. 나를 다시 보게 합니다. 뭔가를 다시 기억나게 합니다.
>
> _정혜윤, 『삶을 바꾸는 책 읽기』, 민음사

책도, 음악도 결국은 남의 이야기입니다. 공통점은 그들이 들려주는 이야기 속에 나의 모습을 조각내고 내게 귀한 일과 세상과 풍경을 심는 것이지요. 그리고 불쑥 삶이 외로울 때, 헛헛한 밤을 달래기 위해, 평이한 삶에 조바심이 느껴질 때 책을 꺼내고, 음악을 틉니다. 느릿한 노랫말 사이로 흩뿌려졌던 소중한 기억과 자아 들이 속속 모여 곤한 밤으로 인도합니다.

이만한 행복의 조각들이 너의 곁에 있었다고,

흘려보내는 것 같아도 언제나 있을 것이라고,

너는 더 큰 내일을 만들지 않아도 이미 충분하다고 속삭이면서요.

노래를 다시 들으면 곳곳에 숨어
있던 시절들이 슬그머니 고개를
내밀었습니다.

/

식물 선생님

/

이틀 전에는 홍콩야자나무 가지치기를 했습니다. 응원하던 야구 팀이 또, 어김없이 패배한 날이었지만 끓어오르는 분노를 최대한 차분하게 다독이며 가라앉혀야만 했습니다. 저의 첫 가지치기였거든요. 아침 운동을 하다 홍콩야자나무의 줄기가 곧게 자라지 못하고 화분의 바깥쪽으로 뻗어나가는 것을 발견했습니다. 줄기 사이의 간격이 너무나도 멀어 굽은 줄기가 곧 이파리의 무게에 꺾일 것만 같았어요. 마음을 졸이며 SNS에 도움을 요청했습니다.

식물 선생님들, 홍콩야자나무 줄기가 바깥쪽으로 많이 굽었는데, 이럴 때는 가지치기를 해야 하나요? 아니면 줄기를 막대에 지지하게 하여 곧을 수 있도록 고정시켜주어야 하나요?

한 식물 선생님에게서 답장이 왔고, 소나무라는 뜻의 이름을 가져 식물을 좋아한다고 본인을 소개한 선생님과의 대화를 옮겨 적어봅니다. 호칭은 '소(나무) 선생님'으로 하겠습니다.

소 선생님 : 홍콩야자는 생장점이 존재하는 이상 계속 새 잎을 내는데요. 생장점이 위치하는 부분(대부분 위쪽)이 무거워서 기울어지는 거예요. 그래서 생장점을 잘라서 따로 분목하시거나, 중간 아랫부분들을 가지치기해준답니다! 길고 곧게 자라게 하시는 분들은 나뭇대를 세우기도 해요.

백가희 : 와. 감사합니다. 근데 야자 크기에 피해 화분이 좀 작은 것 같은데 혹시 분갈이를 해주는 것도 방법일까요?

소 선생님 : 네! 야자나무는 외목으로도 키우는데 외목도 가지치기해주는 분들이 많거든요. 세 그루씩 나눠주셔도 괜찮을 것 같아요.

백가희 : 감사합니다. 유튜브를 찾아봐도 잘 모르겠어서 그런데 하나만 더 여쭤봐도 될까요? 만약 가지치기를 한다면 생

장점이 어딘지 쉽게 아는 방법이 있을까요? 어디를 잘라야 할지 몰라서……. 분갈이를 하는 게 나을까요? 가지치기를 할까요? 제가 너무 많이 여쭈죠. 죄송해요.

소 선생님 : 아닙니다! 제 별것 아닌 지식을 나누는 것만으로도……. 생장점은 새로운 잎이 있는 아래쪽이라고 보시면 돼요. 그래서 작가님이 보시기에 제일 위쪽 잎에서 세 번째 잎 바로 아래쪽을 잘라주시면 적당할 것 같아요. 위로 옆으로 계속 뻗어나가는 친구라서. 어딜 잘라도 새 잎이 위로 뿅 튀어나올 거예요. 자르고 난 후에는 남은 잎의 반 정도를 가지치기한다고 생각하시면 되는데, 허접한 그림이지만…… 여기 빨간색 선이 자르는 곳이라 생각하시면 될 것 같아요.

백가희 : 와아아아. 제가 오늘 밤에 무조건 해볼게요. 정말 너무 감사합니다.

소 선생님 : 유튜브 이 영상의 2분 40초 정도부터 보시면 조금이나마 도움 되실 것 같아요.

백가희 : 아까 저걸 봤는데 성격이 급해서 스킵 했나 봐요. 제가 잘 쳐서 보여드릴게요.

소 선생님 : 영상에도 자세히 나오는 편은 아닌데……. 대충 아무 데나 잘라도 괜찮아요. 남은 잎이 하나도 없지만 않다면 잘 자란답니다.

소나무 선생님의 적극적인 도움과 다정한 개입 덕택에 홍콩야자나무 앞에 섰습니다. 원예용 전지 가위가 아닌 우리 집에서 가장 성능이 좋은 문구 가위를 들고서 말이에요. 그사이 우리집 성장률 1등인 홍콩야자나무는 새끼 손톱 반도 안 되는 새잎을 틔우고 있었습니다. 비록 생장점 윗 줄기에서 갓 자라 있던 터라 쳐내야 했지만요. 생장점은 소나무 선생님의 말대로 가장 위쪽 잎의 세 번째 아래 줄기에 있었습니다. 빽빽할 만큼 많은 줄기가 사방팔방으로 뻗어나가고 있었어요. 이걸 잘라내야 한다니…… 하는 마음에 손을 조금 떨면서요. 무럭무럭 자란 새 이파리가 무거워 줄기가 굽는 걸 보고 있기보다는 잘라내고 새 잎이 나기를 기다리는 하루가 더 설레겠단 마음에 사선으로 싹둑 잘라주었습니다. 무려 세 줄기나 말이에요. 가지치기를 하고 나서 곧장 소나무 선생님께 다시 메시지를 보냈습니다.

백가희 : 선생님! 오밤중에 죄송합니다. 짧게 잘랐는데 괜찮을까요? 이거는 다른 화분에 심으면 자랄까요?

소 선생님 : 줄기는 적당하게 잘 자르셨어요. 잘린 줄기는 가지치기하듯 아랫부분을 자른 다음에 수경 재배처럼 물을 먹이셔도 되고요. 그 대신 이때는 줄기 부분이 어두우면 좋아요.

바로 흙에 옮기셔도 괜찮은데 수경 재배 하시고 새 싹 올라오면 옮기시는 게 조금 더 바르게 자라요.

백가희: 수경 재배가 뭔지 몰라서……. 일단 줄기가 긴 아이들은 이렇게 담가두었어요. 얘는 조금 짧은데 일단 그냥 담가두었어요.

소 선생님: 네, 맞아요. 잘 자랄 수도 있고 그대로 썩는 친구도 있는데 그 친구들한테는 너무 마음 쓰지 마시고요. 원래 자라던 친구들은 물만 잘 주면 제대로 올라오니까요.

백가희: 와, 감사합니다. 혹시 종종 식물에 관해 여쭈어봐도 괜찮을까요? 귀찮으시다면 거절하셔도 돼요. 너무 모르고 데려온 것 같아서…….

소 선생님: 아닙니다. 편하게 물어보세요. 괴롭히셔도 돼요. 제가 아는 선에선 최대한 답변 드릴게요.

백가희: 감사합니다. 너무 감사합니다. 제가 뿌리 나오면 말씀 드릴게요, 꼭!

소나무 선생님의 랜선 가르침을 받아 가지치기를 하다가 깨달았습니다. 제가 정말 식물에 있어서는 초심자에 불과하다는 것을요. 한때는 취미 생활로 식물 돌보기를 하겠다고 야무지게 선언하고 각양각색의 다섯 개 식물을 사 왔었는데 허세

용으로 전락한 것 같았습니다. 제가 아는 것은 인터넷에 검색하면 나오는 물 주기는 어떻게 하는 건지, 햇빛과 통풍은 어떤 환경이 좋은지가 다였습니다. 가지치기나 생장점, 수경 재배, 분갈이와 같은 기초적인 것들은 싹 다 무시한 채로 데려왔으니까요. 『수학의 정석』을 공부하지도 않고 모의고사 수학 문제집을 푸는 것처럼 말이에요. 기초가 없으니 사고형 문제에서 다 틀려버린 거죠. 소나무 선생님의 친절한 답변이 없었더라면 사랑해 마지않는 홍콩야자나무는 옆으로 쑥쑥 자라 어느 날 줄기가 뚝 끊겨버렸을 겁니다. 마치 '안녕' 하는 손과 닮은 작은 새 잎은 손가락을 쭉 펴지 못하고 오므렸을 거예요.

제가 아는 식물 선생님은 소나무 선생님을 비롯해 대구에 사는 나의 할머니, 소분 씨도 있습니다. 그도 식물 키우기의 달인인데요, 제가 몇 년 전 헤어진 연인과 함께 선물한 이름 모를 화분을 어느새 제 무릎까지 키워내기도 했습니다. 그의 집 베란다에는 꽃나무, 관엽 식물, 침엽 식물까지 각양각색의 식물들이 있는데요. 신기한 건 통풍과 햇빛의 영향을 많이 받는 베란다에서 키우는데도 단 한 번도 식물이 시들시들해지는 걸 본 적이 없다는 거예요. 몇 주 전에 그의 집을 갔을 때는 재스민의 만개한 하얀 꽃잎이 하나둘씩 떨어지고 있었습니다.

소분 씨는 덧붙였어요. '실컷 피었다가 진다.' 그냥 흘러가던 말이었지만, 실컷 피었을 정도로 열심히 가꿨을 소분 씨의 모습이 떠올랐습니다.

저는 무언가를 사랑할 때는 기초 지식이 있어야 한다는 것과 함부로 사랑하지 말 것을 소나무 선생님에게, 떨어지는 꽃을 보면서 아쉬워하지 않고 담담하게 웃는 의연한 태도를 소분 씨에게 배웠습니다. 숱한 이별이 내게 지속적으로 알려온 말이기도 했지만 이처럼 빨리 깨달은 적은 없었던 것 같아요. '잘 자랄 수도 있고, 그대로 썩을 수도 있지만 너무 마음 쓰지 말라'고 말하던 소나무 선생님도, 베란다에서 혹한기와 혹서기를 지내며 식물들에게 '실컷 피었다' 말하던 소분 씨도 초심자 시절엔 식물을 많이 죽여보았을 거예요. 그만큼 새 잎들과도 자주 만나왔겠죠. 너무 마음을 쓰지 않기 위해, 이별을 아쉬워하지 않기 위해 얼마나 많은 시간을 거쳐왔을까요.

가지치기를 한 지 겨우 이틀 지났지만 매일 아침 일어나 물꽂이 해둔 세 줄기 앞에 서서 들여다봅니다. 말마따나 이 중 한 줄기는 썩어서 마음을 속상하게 할 수도 있고 다른 줄기는 근사한 하얀 뿌리를 내리겠죠. 하얀 뿌리를 보는 날에는 황토

색 토분에 심어서 선물할 생각입니다. 다 썩어버리면 마음 쓰지 않고 홍콩야자나무의 다음 가지치기를 기다리면서요. 가지치기는 작은 정성으로 매일 아침에 대한 기대와 설렘과 기쁨까지 누리게 해주었습니다. 식물을 돌보는 건 자그마한 마음들이 차곡차곡 모여서 크고 너른, 다양한 사랑의 모양을 채우는 것이었어요. 탄탄한 기초부터 자연스러운 이별까지 식물에게서 알게 될 거예요. 오늘도 일찍 잠자리에 들어야겠습니다. 얼른 아침이 오길 바라면서요.

/

Sweet Chaos!

/

강아, 오늘은 너에게 어떤 노래를 알려주고 싶어. 네가 들으면 싫어할 것 같은 종류의 노래야. 너는 시끄럽고 요란한 것들을 싫어하잖아. 갑자기 일어나는 변화는 질색하고, 큰 소리에는 금방 허리를 구부리고 발끝을 세우며 꼬리를 부풀리잖아. 드럼의 비트 소리, 기타의 리프가 멋들어지게 어울리는 밴드 노래를 틀면 깜짝 놀라 침대 밑으로 도망가서 오래 안 나올지도 몰라. 너는 왠지 스토리텔링이 풍부하고, 좋은 밤으로 데려가줄 것 같은 노래들을, 그러니까 전자기타보단 통기타의 선율을, 키보드보단 피아노의 울림을 사랑할 것 같단 생각이 들어. 하지만 조용한 밤에 굳이 이 노래를 추천하는 이유는 너에게 하고 싶은 말들을 "내가 살아왔던 세상이 너로 인해 뒤집어져 바뀌어. 네가 등장하면서부터 내 삶과 꿈, 미래 그 모든 게 바뀌어"라는 노랫말이 대신 전하고 있기 때문이야.

강아, 〈Sweet Chaos〉라는 노래 제목에 들어가는 '카오스'는 우주가 발생하기 이전의 원시적인 상태, 혼돈이나 무질서 상태를 뜻한대. 사랑을 이야기하며 웬 혼돈과 무질서냐고 의아한 눈으로 나를 볼 거야. 사랑을 처음 맞닥뜨릴 때 무너지는 마음을 누나는 알아. 너를 처음 만났을 때 우주가 열리는 것 같다는 기분이 들어서일지도 모르지. 노란 호박색의 눈을 마주치는 순간 생각할 수 있었어. '와, 난 이제 털과의 전쟁 시작이구나. 내 인생은 이렇게 집사의 길로 들어섰구나. 평생 이 아이의 발 닦개가 되겠군.' 노랫말처럼 내 취향, 패턴 모든 게 바뀐 채로 말이야. 사랑은 황홀하지만 절망의 길로, 환하지만 어두운 길로 인도하잖아. 나 하나로만 가득했던 세상의 공간을 조금 비우고 누군가를 들이는 것이니까. 마치 너를 내 세계에 초대한 것처럼, 너의 세계에 나를 초대해준 것처럼. 둘이서 새로 시작하는 세계는 규칙부터 하나씩 만들어가는 것이니까. 그때의 혼돈을 '스위트 카오스'라고 말하나 봐. 너무 갑자기 사랑이 들이닥쳐서, 일순간 세상이 굳어버린 것 같은 때. 시작하는 사랑에 불안해하며 잠들고 그래도 좋아서 아침을 맞이하는 사랑의 힘을, 너는 알 거야.

너를 만나기 전까진 나는 이 나이쯤이면 다시 영국에 있을 거라 생각했어. 자립할 힘이 생길 때 누나는 떠날 거라고 약속했거든. 글은 쓰고 있지 않았을 거야. 여전히 미술 공부를 하면서 내가 가장 좋아했던 세인트 제임스 파크나 로열 오페라 하우스에서 빅벤을 바라보며 멍하니 있다가 터덜터덜 집으로 들어오길 반복하는 하루를 보내고 있었을지도 몰라. 그때가 그립지만, 다시 돌아갈 수 없다는 걸 알아. 영국에서 자리 잡고 살아갈 수 없음을, 누나는 이제 알아. 사랑해서 포기해야 하는 것들이 있거든.

서울살이를 하는 지금의 나는 강아, 네가 반쯤 만들어준 거야. 사랑해서 성취한 것은 너와의 시간이니까. 적어도 이 삶에서는 너와 놀 시간을 많이 확보하고 싶었어. 우리가 사는 삶이 서로에게 지루해지지 않게 너에게만큼은 세상의 면면을 알려주고 싶었어. 내가 불러주는 노래, 내가 읊어주는 이야기, 푸념, 분노, 기쁨, 즐거움……. 인간들의 삶은 너무 피로하다고 생각했을 거야. 단 한 번도 내색하진 않았지만. 강아, 고마워. 피로한 이 삶으로 너를 끌어들인 게 분명한데도 천진하게 사랑해줘서. 나는 너로 인해 햇볕이 내리쬐는 방에서 자는 낮잠의 낭만을 알고, 따끈하게 데워진 윤기 나는 털의 부드러움을 알고, 길 위의 아이들을 알고, 지금도 이유도 모른 채 죽어나갈 생명들을 생각해.

연이가 나에게 사랑의 전략을 알려주었다면, 강이 너는 사랑의 인내를 알려주었어. 정 많고, 말 많고, 호기심이 많은 삼다(三多) 고양이 연이는 세상과 빨리 친해지고, 사람도 곧잘 사랑하지. 돌아보면 늘 곁에 있어서 '와, 쟤는 간식 주면 아무나 따라가겠는데?'라고 생각해본 게 한두 번이 아냐. 어떻게 해야 가장 빠르게 사랑할 수 있는지, 어떻게 해야 사랑이 많은 사람과 살 수 있는지 연이를 보면서 배웠던 것 같아. 사랑을 빠르게 전달하는 법과 사랑을 정확하게 이야기하는 법을. 하지만 강이 너는 그 반대로 삼무(三無) 고양이잖아. 우리 아빠 준호는 매일 네게 말하지. 너는 정이 없고, 말도 없고, 호기심도 없다고. 그가 너를 너무 몰라서 하는 말인 걸 알아. 너는 정이 많지만 수줍을 뿐이고, 필요하지 않은 말은 하지 않을 뿐이고, 호기심은 많지만 시간을 오래 두고 지켜보는 것뿐인데.

단계적으로 사랑하는 것뿐인데 말이야. 어떻게 알았냐고?

새로 사준 장난감을 연이 실컷 가지고 놀다 지쳐서 방으로 들어온 날. 연이랑 내가 졸음의 양탄자를 타고 꿈으로 날아갈 즈음, 바스락대는 소리가 들렸어. 혹시나 하는 마음으로 쳐다봤는데, 네가 장난감 앞에 가만히 앉아 있었어. 줄곧 쳐다보다가 발을 뻗어서 살짝 건드리다 놀라서 한 발 물러나고, 다시 발을 뻗고 하는 걸 봤어. 옆집 알알이도, 네 동생 연이도, 내 휴대전화를 시끄럽게 만드는 친구들도 다 잠든, 모두가 잠든 새벽에. 홀로 조용히 친해지는 너의 모습이 너무 좋아서 누나는 오래오래 쳐다보고만 있었단다. 강아, 그게 너의 사랑 방식이겠지. 어떻게 생겼는지, 어떤 소리를 내는지, 어떤 촉감을 가졌는지, 어떤 냄새가 나는지 관찰하고 한 발 뻗어보면서 사랑하는 것 말이야. 강아, 지나치게 조심스러운 사람은 많은 변수를 다 헤아려보기 때문에, 혹시나 일어날 일에 대해 상처받지 않기 위해 아주 신중해진 것뿐이래. 많은 불상사를 기억하는 사람들만이 신중해질 수 있는 것일지도 몰라. 말을 고르고 골라 아껴서 하는 사람들, 물건 하나도 허투루 사지 않는 사람들, 소비의 신인 내가 무력해질 정도로 따져보는 사람들. 누나는 그 사람들의 얼굴에서 필연적으로 너를 봐. 나를 만나기 전에 네가 살았을 길 위를 떠올리면서 네가 그 많은 미지수를 보았던 건 아닐까.

자주 있는 일은 아니지만, 가끔 요란해질 정도로 활달해진 모습의 네가 좋을 때도 있어. 너의 검은 동공이 커지고 콧등은 빨개지면서 한숨 같은 숨이 연거푸 터져 나올 때, 호기심이 가득한 눈으로 물끄러미 바라볼 때 얼마나 기쁜지 너는 모를 거야. 강아, 너의 다정하고도 무던한 성격을 많은 사람이 알면 좋을 텐데. 그러면서도 네 사랑의 유일무이가 나라는 사실은 놓치고 싶지 않아. 네가 내 허벅지 위에서 잠을 자고, 내 배 위에서 엎드려 있고, 발치에 정수리를 비빌 때마다 나는 내가 너에게 유일한 사람이 된 것 같아져. 죽어야겠다 결심이 드는 날마저도 내 쓸모를 너의 사랑으로 알게 돼.

강아, 너의 조용한 사랑을 알 때마다 나는 서울에서 너와 지내는 생활이 정말이지 즐거워서 못 견디겠어. 아침에 운동하러 거실로 나설 때마다 졸음이 가득한 얼굴로 쫓아 나오는 네가, 샤워하고 나왔는데 화장실 앞에서 눈을 감고 앉아 있는 네가, 외출에 나설 때마다 야옹야옹 소리 내는 네가 없는 타국은 너무 지루하기만 할 거야. 사랑이 안기는 달콤한 혼돈을 알지 못하고도 잘 자랄 수 있었을까, 영국으로 떠나지 않은 걸 감사하게 여기고 있어. 꼭 그곳이라고 행복만이 존재하는 건 아니니까. 나는 절망의 구렁텅이라도 너를 안고 있을 거야. 조용히 사랑하고도 아름다울 수 있는 법을 너로 배우고 싶어.

조용히 사랑하고도 아름다울 수
있는 법을 너로 배우고 싶어.

/

독서와
취향 세계

/

어제는 너무 외로워 큰일났다 싶었습니다. 친구와 통화하다 깨달았어요. 통화를 하는 내내 오랫동안 써왔던 경상도 사투리가 아니라 서울 사투리와 비슷한, 회사에서 쓰는 어투를 쓰고 있다는 사실을요. 된소리가 많은 경상도 사투리에 비해 지나치게 부드럽고, 왠지 이질적이었습니다. 친구들 앞에서는 툭하면 튀어나오는 사투리가 그날따라 이상하게 나오질 않았어요. 왜 그럴까, 생각해보니 오랜 시간 육성으로 사람과 대화하지를 않았더라고요.

지겹게 외로운 바람에 며칠 전에는 사람과 식물에 대한 글을 썼고 오늘은 독서법에 관해 쓰려고 합니다. 저는 외로울 때마다, 사람과 오래 대화를 하지 않아 단어를 잊고 살 것 같다 느낄 때마다, 내 감정을 표현하는 법을 잊어버릴 때마다 사람을 찾았고 책을 읽었습니다. 그들에게서 배운 감정이, 공허한 시간 사이에 스며드는 문장이 저를 지탱해주고 있다고 믿었습니다.

저의 독서법은 호불호가 나뉩니다. 줄을 마구 긋고 낙서도 하고 심지어 책을 읽으며 느껴지는 감정까지 세세히 기록하기 때문인데요. 빨리 다음 장으로 넘어가고 싶은 마음과 마음을 따라주지 않는 눈의 속도가 달라 한 문장도 천천히 끊어 읽습니다. 한 문단만 다 읽어도 수많은 빗금이 그어져 있기도 해요. 영어 지문을 해독하기 위해 끊어놓는 것처럼요.

카페같이 백색 소음이 있는 곳보단 도서관이나 스터디 카페 같은 아주 조용한 장소를, 친구와 함께 읽기보단 혼자 읽기를, 저녁과 밤보다는 아침과 낮의 독서를, 한 권의 책을 앉은 자리에서 다 읽기보단 오랜 시간에 걸쳐 조금씩 읽어나가기를 선호합니다. 가장 많은 책을 읽은 곳은 집입니다. 책상에 앉아 눈 앞에 보이는 펜을 집어서 빗금을 치고, 모르는 단어는 동그라미로 표시를 한 후에 사전에서 뜻을 찾아 옆에 적어둡니다. 충격적인 묘사나 이렇게 쓰고 싶다는 생각이 드는 문장에는 물결 모양의 줄을 긋고요. 글을 읽다가 생각나는 이야깃거리가 있으면 책에 바로 메모를 하기도 합니다.

책을 깔끔하고 귀하게 대하는 분들이라면 이런 독서법에 적극적으로 참견하고 싶으실 수도 있겠습니다. 하지만 이 방법에는 어느 것보다 강력한 장점이 있는데요. 그렇게 읽은 책들을 재독이나 필사를 하기 위해 다시 펼치면 마치 한 시절을 들춰보는 기분이 든다는 것입니다. 무슨 잡담을 그렇게 써두었는지, 이 문장에서 어떻게 이런 글을 쓰고 싶어 할 수 있는지, 지금은 잘 쓰고 있는 단어에 뜻이 적힌 것을 보면서 나름대로 애썼다고 애틋한 마음까지 생겼습니다. 교과서를 열어보았을 때 친구와 낙서한 흔적들을 발견하고 웃다가 공부하기 싫다고 적어놓은 메모에 눈물 짓는 것처럼 말입니다.

식물마다 성장에 필요한 환경이 다른 것처럼 책을 읽을 때도 저마다 필요로 하는 환경이 있습니다. 저는 주로 일간 연재 메일을 보내기 직전에 책을 읽습니다. 전혀 관련이 없는 실용

서를 읽다가 사랑을 발견하고, 독서법을 이야기하는 글에서 사는 방식에 대해 쓰고 싶어집니다. 조금 더 괜찮은 표현을 발견하면 옆에 펼쳐놓은 노트에 따라서 써보기도 해요. 독서법을 다루는 책들을 읽으면 공통적으로 하는 이야기가 있습니다. '자신만의 책을 만들 것, 책을 사랑하려면 책을 읽는 환경부터 만들어야 한다'는 말인데요. 같은 영화를 보고도 다른 해석을 하는 것처럼, 같은 문장을 읽고도 어떤 사람은 쓸쓸함을, 어떤 사람은 완전한 기쁨을 읽을 수도 있겠죠. 시각 매체에서 생략되는 감정과 풍경과 분위기 따위들이 글로써 순간순간 설명이 되고, 내가 그 공간에 놓인 것처럼 이입하게 만드는 것. 생략될 만한 이야기들을 굳이 다시 끌어올려 기억하게 만드는 것, 내가 잊고 살던 것은 무엇인가 돌아보게 하는 것, 나는 이 문장에서 어떤 걸 읽었나 고민하는 것. 저만의 책을 만드는 '각인 방법'입니다.

당신은 나만의 책으로, 문장으로 소화하기 위해 습관적으로 하는 동작 혹은 절차인 독서 루틴이 있나요? 읽어보고 싶은 책이든, 굳이 읽고 싶진 않았지만 다들 좋다고 해서 읽는 책이든 최대한 다양한 환경에서 읽어보세요. 잠들기 전 침대 위에서, 일어나자마자 책상에서, 한낮 카페에서, 한강 앞에서.

문득 발견할 수 있을 거예요. 내가 원했던 독서 환경을. 한 줄씩만 읽는 독서도 좋습니다. 이미 읽은 문장은 당신도 모르는 사이 마음속까지 몰래 숨어들어갔을 테니까요. 천천히 세계를 만들어나가는 겁니다. 독서 취향이라는 자신의 확고한 울타리부터 짓고요. 누군가가 신랄하게 악평한 책이 나에겐 무덤까지 안고 가고 싶은 명문으로 구성된 책일 수도 있고, 누군가는 숱한 찬사를 보낸 책이 나에겐 그저 그랬거나 그 정도는 아닌 책이 될 수도 있습니다. 독서에 대한 글을 쓰는 동안 잠깐 외로움을 잊었습니다. 동시에 편안해졌습니다. 이렇게 이야기하는 것만으로도 즐거운 게 내 삶에 있다니요.

내가 선택해 만든 취향은 미래의 나에게도 충분한 위로가 될 것입니다. 삶은 자신을 알아가는 여정입니다. 내가 어떤 환경을 좋아하고, 어떤 책을 선호하는지, 책을 보고 어떤 방식으로 기억하는지 자신의 취향을 아는 것부터 시작이죠. 독서뿐만 아니라 취향 세계를 채우는 일은 앞으로 적게는 수 개월, 많게는 수십 년이 걸릴 거예요. 책장을 하나씩 채우는 것처럼 당신의 세계에 당신만의 취향을 꽂고, 외로울 때마다, 괴로울 때마다 열람해봐요. 삶이 덜 심심하게, 당신이 지치지 않게끔.

책을 사랑하는 행위를 다양하게 하자. 그 행위를 확장시키자는 뜻입니다. 이렇게 샅샅이 사랑하면 책이 더 좋아집니다.

_이동진, 『이동진 독서법』, 위즈덤하우스

/

미완의
회복력

/

세차게 비가 내리던 그날 동네 길고양이에게 '대양이'라는 이름을 붙여주었어요. 거'대'한 노란 고'양'이라는 뜻입니다. 대양이는 담벼락 뒤쪽 누군가 마련해놓은 쿠션과 상자 안에서 잠을 자고, 식탁 위에 놓인 밥과 물을 챙기면서 어슬렁어슬렁 걸어다닙니다. 운이 좋은 날에는 대양이가 동그랗게 몸을 말고 자고 있거나 좁은 담장 위에서 균형을 유지하며 쪼그려 앉아 있는 모습도 볼 수 있어요. 노랗고 거대한 고양이가 밥은 먹었나 궁금해, 담배를 피우러 나갈 때도 괜히 담장 안쪽을 둘러봅니다. 가득했던 밥그릇이 조금씩 비어 있거나 대양이가 머리에 발을 붙이고 곤한 밤을 보내고 있을 때는 방금까지 괴롭히던 마감의 고통은 싹 나은 듯해요. 대양이의 능청맞은 행동들 덕분에 알게 모르게 웃음을 참느라 혼났습니다.

몇 주 전만 해도 이파리가 찢어져 속상하게 만들었던 크리소카디움에 새 줄기가 빼꼼히 튀어나왔어요. 크리소카디움은 잎줄기가 아래로 자라는 행잉 플랜트입니다. 창문에 일렬로 놓인 햇빛과 물을 좋아하고, 통풍을 좋아하는 아이들을 돌보느라 크리소카디움은 제대로 신경쓰지도 못했어요. 아차 싶을 때 물 한 번 주고, 창문 한 번 열어주고. 그러다 어느 날 들여다보니 웬 사마귀 같은 게 아래로 튀어나와 있는 거 아니겠어요. 사마귀 같은 연두색 줄기는 점점 자라기 시작하더니 이제 한 뼘 넘는 구부러진 줄기가 자신의 길을 내고 있습니다. 작게 솟아오르는 이파리도 보이네요. 죽은 건 아닐지 긴가민가했었는데 일단 한시름 놓았습니다.

문득 동식물의 생활력과 회복력이 궁금해집니다. 기대도 하지 않았던 크리소카디움의 성장이나 자신을 위해 마련한 자리에서 잠을 자고, 밥을 먹는 대양이의 생활력이 귀엽고 소중하고 경이로워요. 어떻게 너를 위해 마련한 자리인 줄 알았니,

어떻게 네가 회복하기를 기다리는 줄 알았니. 물꽂이를 해두었던 홍콩야자에도 뿌리가 자랐습니다. 연이가 발로 가장 많이 엎었던 물병에 담겨 있던 가장 짧은 줄기에서요. 썩어도 제일 먼저 썩지 않을까 생각했던 게 무색해질 정도로 뿌리는 한 마디씩 쭉쭉 뻗어나가고 있어요.

제가 무심한 순간에도 그들은 각자의 회복성을 힘껏 발휘해 자라나고 있었습니다. 자타공인 식물 달인인 소분 씨도 가끔 말하곤 해요. '조금 무심하게 내버려두는 것도 방법이다'라고요. 그 말은 '오히려 애가 닳아 전전긍긍하고 온 힘을 쏟아 사랑해도 내 뜻대로 되지 않을 수도 있다. 내 뜻대로 되어서 슬픈 것보다 내 뜻이 아닌데도 잘 자라 기쁜 순간이 더 좋다'는 말처럼 들립니다. 하지만 무심해지는 건 제가 항상 실패하는 것 TOP 10 안에 들 거예요. 너무 사랑한 나머지 정성을 다하고 싶고, 피와 땀과 눈물을 바쳐서 결실을 맺고 싶고, 그 이후의 이야기까지 함께 쓰고 싶고. 설레는 마음을 좀처럼 제어하지 못하고 되는 대로 말을 하다가 말실수를 연이어 하질 않나, 실수한 뒤 어색한 상황을 무마해보려다 애쓰는 내가 한심해 보이고, 상대는 그렇게 생각하지 않았는데 혼자서 김칫국을 바가지채로 마시는 상황까지 연출해버립니다. 마음을 더 들어볼 시간도 없이 그 사람과 가까워지려다가 실패한 경험이 서울숲의 나무 개수보다 많을 겁니다. 하지만 그 반대의 상황도 종종 있었어요. 오히려 나는 거리를 두고 싶은 상대가 매일 만나자고 연락 오질 않나, 그다지 친하지 않은 것 같다고 생각했던 친구가 나를 위해 한달음에 달려오거나 나의 도피처나 은신처가 되어준 장면도 분명히 있었습니다.

무엇이든 잘 해낼 수 있을 거라고 장담한 일이 마음처럼 되지 않았을 때 오는 탈력감은 배로 컸습니다. 무조건 맡은 일에서 좋은 결과를 낼 수 있을 거라고 생각했는데, 되지 않으니까 상실감은 두 배로 몰려왔습니다. 무데뽀 자신감으로 자신만만하게 나서다가 이도 저도 아닌 상태로 일을 그르친 게 한두 번이 아니에요. 저야말로 '내 삶은 완벽한 결과물'이라고 믿고 있었던 거죠. 삶은 허술하거나 엉성하게 비워진 곳을 채우면서 메꿔나가는 과정인데 말이에요. 설령 메우지 못하더라도 그 빈틈이 있는 나도, '나'라고 인정을 하고 받아들여야 하는데 말입니다.

이걸 못할 수도 있다는 전제와 결과물이 만족스럽지 않을 때 내가 어떻게 나아가야 하는지에 대한 대처법 또한 없었고요. 스스로를 과신했어요. 과신이 만든 허상의 나에 단단히 매료되어 문제를 회피하고 있었습니다. 누구나 완전무결할 수는 없는 법인데 '완전한 나'에 갇혀서 나의 실수 하나에 더 크게 무너져내리게 되었어요. 그래서 크리소카디움의 회복성은 더더욱 놀랍습니다. 잎사귀 하나는 찢어지고 다른 잎사귀는 반쯤 갈라졌음에도 빼꼼히 내미는 새 줄기가, 완벽한 상태가 아니어도 자랄 수 있다고 말해주는 것 같아요. 이게 곧 사는 법이라고요.

무심하게 내버려두어야 하는 건, 완벽해야만 한다는 강박에 단단히 사로잡힌 저였습니다. 완벽하지 않아도 괜찮다는 말을 할 때가 아니라 누구에게나 좋은 사람, 친구, 연인, 직장 동료의 타이틀을 내려놓고 생각해야겠어요. 아예 나를 툭 내려놓는 거죠. 실수해버려. 왕창 실패도 해버려. 금전과 관련된 문제가 아닌 이상 실수한다고 인생은 절대 망하지 않더라. 실수해도 너는 너야. 너의 빈 곳을 발견한 너, 너의 빈 곳을 알아버린 너, 그래도 너.

삶은 허술하거나 엉성하게

비워진 곳을 채우면서 메워나가는

과정인데 말이에요.

/

절대의
영역

/

지겹도록 외로웠던 그 밤, 저는 인터넷을 열심히 뒤졌습니다. 몸이라도 움직여 몰려오는 외로움을 잊고 싶었습니다. 기껏 꾸려놓은 내 세계를 먹어치우는 외로움을 의도적 실종 상태로 만들기 위해 일부러 빠른 걸음으로 다른 일을 벌이고 그 세계로 달아나는 거죠. 독서와 운동도 거기에 포함됩니다. 외로움은 어디서부터 시작해 어디로 가는 감정인지 궁금해지는 것도 잠시, 오늘 읽은 문장에 이 문장을 읽기 위해 살았다며 감탄하기도 하고, 흘린 땀에 뿌듯함을 느끼며 하루를 마무리합니다. 결국 늘 그런 하루처럼 살아 있길 잘했다는 마음으로 눈을 감을 수 있으니까요. 운동도, 독서도 탐탁지 않은 날에는 자주 길을 잃게 됩니다. 각종 SNS 타임라인을 섭렵하고, 늦은 새벽에 무엇 하나 건진 거 없다며 스스로를 타박하게 되죠. 다시 외로워지는 열차를 타고 새벽을 건넙니다.

그날도 열차에 오르기 전, 이것저것 생각하다 목공을 배워야겠다 싶었습니다. 집에 있는 가구들 대부분 나무로 만든 것들이고 한창 공구 사 모으는 데에 꽂혀 응용할 수 있는 방법을 찾고 싶었어요. 먼 이야기지만 가구를 직접 만들게 된다면, 1인 가구의 살림살이에 조금이라도 보탬이 될 것 같았습니다. 목공 자재들의 이름도 알고 싶어졌어요. 노송나무, 오동나무, 느티나무, 박달나무, 마호가니, 월넛, 티크, 파인……. 가구를 고를 때 주로 등장하는 이름들을 안다면 '알아두면 쓸데 있는 잡학 지식'이 될 수도 있으니까요.

목공 배우기를 검색하다가 상단에 올라와 있는 블로그 글을 클릭해서 보았어요. 입문, 초급, 중급, 고급 과정으로 나뉘어 있었고, 목재에 대해 아무것도 몰라도 직업으로 삼을 수도 있다고 써둔 것을 보고 바로 신청비를 입금해버렸습니다. 직업의 영역은 항상 넉넉하게 잡고 있어요. 나는 내가 하루에도 몇 번이나 싫고, 미워지고, 내 옆에도 머무르지 못하고, 쓴 글도 후회할 때가 잦은데 직업이라고 별반 다를 게 있을까 해서요. 저는 삶에서 '절대'라는 말을 자주 사용하지 않습니다. 미술만 할 거라도 단언했던 지난 시절도 어느샌가 훅 가버렸고, 전혀 관련이 없던 글을 쓰고 있고, 책은커녕 중학생 필독 도서도 몇 권 읽지 않은 제가 책을 다루는 회사에 들어왔으니까요. 절대 좋아하지 않을 거라 다짐한 사람을 좋아하고, 절대 관심이 없을 것 같던 분야에 매력을 느끼는 것처럼, '절대'라는 말만큼은 효용 가치가 떨어진다고 할까요. '인생은 이상하게 흐른다'는 책 제목과 같이 말입니다. 직업의 절대적인 선은 일찍이 허물었습니다. 글을 쓰다 어느 날 목수가 되어버린 나, 글을 쓰며 나무를 만지는 나, 목수 일이 첫 번째, 글은 두 번째로 정한 나. 여러 환상을 시시때때로 떠올리면서 첫 수업을 기다렸습니다. 외로움도 환상통이었는데, 다시 나를 낫게 하는 건 내가 나에게 보여주는 환상들이더군요.

토요일 오전 일찍부터 공방을 찾았습니다. 코너에 있는 피아노 학원을 지나면 '가구 공방'이라고 입간판이 나와 있었어요. 느릿한 노래가 나오는 공방에서 선생님에게 얇은 목재 기둥과 그무개, 직각 조합자, 금긋기 칼에 대한 설명을 들었습니다. 목재는 기본적으로 마치 레고처럼 나무와 나무를 끼워 잇는 일입니다. 나무를 끼우기 위한 장부 구멍을 정사각형으로 뚫는 각끌기, 톱니가 날카롭게 돌아가면서 그 위로 각도 조절용 썰매 지그를 밀어 장부촉 어깨선을 자르는 테이블 쏘우, 남은 장부촉을 자르기 위해 밴드 쏘우로 자리를 옮기며 나무와 나무를 잇는 짧은 장부를 만들었습니다. 특히 톱니가 튀어나온 테이블 쏘우에서 썰매 지그를 밀 때는 손이 벌벌 떨렸습니다. 엉덩이는 뒤로 쭉 빼놓은 채로요.

세 시간 동안 장부 구멍과 장부 촉에 치수를 재고 구멍을 뚫고 결합하는 연습을 했습니다. 다음 주에는 스툴의 틀을 만드는 연습을 해요. 입문 단계 수업은 4주간 토요일 아침에 진행되니 당분간 주말 늦잠은 포기해야겠지요. 하지만 각끌기로 목재 기둥이 뚫릴 때 뽀얗게 일어나는 나뭇가루, 썰매 지그를 최대한 조심껏 밀 때 떨려오던 손, 허리를 굽혀가며 치수를 잴 때 만지는 나무의 결, 창가에서 테이블 위로 내려앉은 빛, 빛 사이로 반짝이며 등장하던 먼지 가루, 코를 쿡쿡 쑤시던 나무 냄새……. 목공방에서 일어나는 모든 순간이 저의 다른 감각을 일깨우는 것 같았어요.

저는 뉴미디어 세계가 올지라도 글만큼은 '절대'로 필요하다 믿습니다. 새로운 시대가 도래할수록 책과 글이 설명할 수 있는 세계 또한 더욱 명징해질 거란 사실도요. 시각적인 매체로 담지 못하는 오감각을 글은 깨울 수 있다고 생각해와서일지도 모릅니다. 몇 안 되는 저의 '절대'는 책이었는데, 절대의 벽이 한 뼘 정도 확장되었습니다. 나무로 하는 일들도 어쩌면 오래오래 살아남을 거라고요. 나무가 뿜는 냄새, 결마다 다른 무수한 나무 종류들, 나무에 선을 만들고 짜 맞추는 일은 어떤 것도 대체하지 못하겠단 확신이 들었어요. 두 가지 다 틀릴 수도 있는 확신이겠지만, 목공방을 다니는 4주 동안은 믿어보려고 해요. 제가 사랑하는 일이 오래 살아남을 수 있을 거라고. 4주간의 배움으로 또다시 주말이 설레기 시작한 나에게 '절대 외로움'은 없을 거라고 말이에요.

절대의 영역이 한 뼘 정도

확장되었습니다. 나무로 하는

일들도 어쩌면 오래오래 살아

남을 거라고요.

/

아지트

/

보고 싶었던 동생이 서울로 오는 주말입니다. 목공방 수업이 끝나자마자 서촌으로 향했습니다. 서촌과 북촌, 경복궁 역에서부터 광화문까지 걷는 돌담길은 서울에서 가장 좋아하는 곳이자 믿고 소개하는 장소들입니다. 친구가 서울에 놀러오면 데려가는 곳이 딱 두 군데인데요. 첫 번째 장소는 광화문 광장, 두 번째 장소는 서울숲이에요. 한 곳은 8차로에서 무수한 차들이 왔다 갔다 하고, 다른 곳은 푸른 식물들이 우리를 환대합니다. 서울숲에서 자전거를 타고 굴다리 터널을 통과하면 근사한 윤슬이 빛나는 한강이 펼쳐져 있습니다. 아지트라고 종종 일컫는 그곳에서 보는 노을은 여태껏 봐온 어떤 해 질 녘보다 붉고 파랬습니다.

2012년 즈음 광화문, 경복궁, 청와대 근처 간판들을 한글화 하는 사업이 시작됐습니다. 매장 간판의 영어를 한글로 썼을 뿐인데 한국적인 분위기를 자아내면서도 이색적인 공간이 우리를 반기고 있었어요. 후덥지근한 날씨 때문에 발바닥부터 땀이 흘렀습니다. 한글 간판이 가득한 골목을 지나고 나니 저 멀리 인왕산이 보였습니다. 오늘 계획은 인왕산 앞 골목 식당에서 메밀국수를 먹고, 계곡에서 멍하니 앉아 시간을 보내는 것이었어요. 그러나 계획은 처음부터 어그러졌습니다. 식당 앞에서 줄을 서느라 한 시간을 길 위에서 보냈고 더운 날씨에 짜증이 뛰쳐 나오는 걸 억누르기 바빴습니다. 계곡 올라가기 전부터 진이 빠져 몇 번이나 언덕을 오를까 말까 고민했어요.

그래도 여기까지 왔는데 그냥 돌아가면 아쉬우니 종아리에 가득 힘을 주고 신발을 질질 끌고 걸었습니다. 도착 후 언덕 위에서 뒤를 돌아보던 순간, 광화문 광장 주변의 건물이 너르게 펼쳐 있었어요. 초록색 옥상을 가진 오래된 빌라들도 곳곳에 보이고요. 서울 한복판에서 서울을 내려다보는 기분은 묘했습니다. 고개 바로 옆에 지어진 정자에서는 등산을 마친 아주머니들이 삼삼오오 모여 이야기를 나누기 바빴습니다. 주변에는 매실나무와 무성한 잡초 들이 싱싱하게 살아 있었어요. 봄마다 송홧가루로 고생시키는 소나무도 이곳에서만큼은 반갑게 느껴졌습니다. 흙길을 밟고 언덕 아래로 내려오니 계곡이 있었어요. 돗자리를 펴고 맥주를 마시는 사람도, 샌들을 신고 종이컵으로 물고기를 잡는 아이들도, 싸온 도시락을 나눠 먹는 연인도, DSLR 카메라를 들고 꽃을 찍는 사진 동호회 사람들도 수풀 사이로 보였습니다. 코앞의 여름 풍경을 감상하며 언제 어디서 태어났을지 가늠조차 안 되는 바위 위에 앉았습니다.

광화문과 서울숲, 인왕산까지……. 서울에 좋아하는 곳이 더 늘었습니다. 누구나 찾지만 저는 늘 '아지트'라 부르는 장소들입니다. 통인동에서 파는 에그타르트와 서울숲을 지나 한강으로 가는 길, 인왕산 등반로 초입에 있는 큰 바위와 계곡. 사진을 찍듯 마음에 풍경 조각들을 담았습니다. 왜 사람들이 '믿고, 보고, 듣는' 나만의 무언가에 집착하게 되는지 짐작됐습니다. 그것들은 믿음을 증명이라도 하듯 언제나 나를 실망시키지 않으니까요. 오면 올수록 좋고, 들으면 들을수록 좋고. 실망스러운 소식들이 무더기로 쏟아지는 세상에서 이 믿음 하나만큼은 나를 지켜줄 테니까요. 내가 믿을 수 있는 무언가를 많이 만들어두고 싶었어요. 사람이 아닌 그 자리에 변하지 않은 것들, 저를 실망시키지 않고 굳건히 머물러줄 것들을요.

그곳에서 일곱 살 율이를 만나 수다를 떨었습니다. 그 아이는 바위에 앉아 물고기를 잡기 위해 물을 퍼내고 있었어요. 저기 위에는 가재도 많고, 도롱뇽도 있다는 말에 '가봤어?' 물으니 '안 가봤어요'라고 대답합니다. 밑에 내려가면 사람이 많다는 말에 또, '가봤어?' 물으니 '아니요'랍니다. 가보지도 않고 어떻게 알 수 있는지, 물어보고도 싶었지만 굳이 그러지는 않았어요. 실제로 가보았든 가보지 않았든 아이들의 상상력은 항상 그렇습니다. 여기에 없지만 저곳에는 있을 거라는 믿음에서 시작해요. 여기 없으니까 저기도 없겠지라는 체념은 존재하지 않아요. 율이는 바위 아래를 뒤지면서 여기 물고기가 없으니 저 위 계곡에는 있을 거라고 믿고, 이곳엔 옹기종기 모여 있는 사람이 적으니 아래에는 사람이 많을 거라 믿습니다. 그 믿음을 지켜주고 싶어요. 믿음은 가능성의 시작이니까요.

믿음의 한 문턱을 넘기 전, 다음에는 편한 복장과 신발을 신고 인왕산을 올라야겠다고 다짐했습니다. 언덕 위에서 본 서울 풍경을 다시 한번 보려요. 더 넓고 숨을 트이는 풍경이 있겠죠. 무엇이 됐든 믿음 하나로 올라가는 등산에서 저는 실패하지 않을 거라는 것을요. 믿음 하나로 등반할 일이 있다면, 조금은 무모해져도 좋겠습니다.

믿음을 지켜주고 싶어요.
믿음은 가능성의 시작이니까요.

/

미용과
식물

/

망원동 목공방으로 가는 길목에는 각종 행잉 플랜트와 작은 모종 들부터 수형이 멋스러운 대형 올리브까지 차례대로 놓인 꽃집이 있습니다. 매주 주변을 서성이면서 햇빛을 쬐고 있는 식물과 꽃 들을 가만히 들여다보고 옵니다. 몇 주 전에는 꿈의 식물이었던 박쥐란과 새 깃털 같은 이파리를 가진 아스파라거스를 데리고 왔습니다. 식물들을 안고 다시 뒤를 돌아보니 꽃집 간판이 '○○ hair'라고 되어 있었어요.

미용실을 하셨던 사장님이 꽃과 식물을 판매하시는 건지,

미용실을 했던 자리지만 꽃집 간판은 새로 달지 않아도 된다고 생각하신 건지 궁금했습니다. 동시에 집 근처 미용실도 떠올랐어요. 동네의 미용실 문 바로 옆에는 언제나 3단 원목 서랍장이 나와 있습니다. 서랍장 최상단에는 작은 다육이들이, 둘째단에는 꽃이 핀 화분들이, 폭이 높은 세 번째 단에는 여러 가지 관엽 식물들이 차지하고 있고요. 각자 살아가는 환경이 다르다 보니 어떤 날은 다육이들만 나와 있고, 또 다른 날은 꽃나무들이 나와서 촉촉하게 젖은 흙을 말립니다. 어떤 날은 무심하다 싶을 만큼 오래 나와 있어서 저러다 다 말라 죽으면 어떡하나 괜한 오지랖이 생기기도 했는데, 아직 미용실 앞은 봄과 여름이 무성합니다. 가끔 에어컨 실외기 위에도 일렬로 서서 공평하게 바람과 햇빛을 맞는 다육이들이 귀여워 그 골목을 지나칠 때는 꼭 웃게 돼요.

많은 동네 미용실들에서 꽃과 식물이 유난히 풍성한 걸 보게 됩니다. 금전수나 올리브나무, 벵갈고무나무, 스투키는 아마 전국 미용실의 단골손님일 거예요. 미용실 사장님들이 유독 식물을 잘 키우시는 것도, 그들의 직업 특성일지도 모릅니다. 그들은 아름다움을 탄생시키는 사람이자 고객들의 아름다움을 지키는 사람이니까요. 개개인이 생각하는 아름다움의 가치를 지켜내기도 합니다. 극심한 원형 탈모로 고통 받고 있던 저도 미용사 선생님들 덕분에 자존심을 지켰습니다. 가르마를 새롭게 타서 아예 보이지 않게 머리를 오른쪽으로 넘겨버렸어요. 하필이면 가르마 바로 옆이라 바람이 조금만 불어도 엄지손가락 두 마디 정도 되는 민둥한 두피가 모습을 드러냈거든요. 가르마를 바꾸고 머리를 자른 뒤로는 그나마 덜 신경 쓰면서 살아갈 수 있게 되었어요.

아름다움을 지켜내는 사람들, 탄생시키는 사람들, 읽어가는 사람들, 듣는 사람들.

저는 꽃과 식물을 돌보는 것이 그들의 일과 비슷해 보여요. 식물이 성장할 수 있도록 저마다 다른 환경을 조성해주어야 하거든요. 집에 있는 식물로 예를 들어보겠습니다. 직사광선은 절대로 피해야 하는 보스턴고사리와 아비스고사리, 아스파라거스는 간접 광이 들어오는 거실에 두었고, 햇빛과 통풍을 좋아하는 홍콩야자나무와 인도고무나무는 창가에 두었습니다. 각자 정해진 자리에서 열심히 장마를 맞이하고 있어요. 당분간은 햇빛을 보기 어려울 테니 식물등도 몇 개 사다둘 예정입니다. 식물이 선호하는 환경을 조성하기가 이렇게도 어려운지, 깜짝깜짝 놀라기도 해요. 단순히 아름다움을 초월하고서라도 미용사의 진득한 식물 사랑은 스스로에게 자신의 영역이 아닌 새로운 과제를 부여하는 일 같아요. 달라지는 세상에 찾아오는 손님들이 적응할 수 있는 해답을 찾기 위해서 말이에요. 그들 각자의 모습으로 존재할 수 있도록, 각자의 아름다움과 낭만을 지켜낼 수 있도록 최선을 다해 환경을 조성해 주기 위해서.

타인의 삶에 쉽게 관여하는 사람들의 필수 덕목은 열린 귀란 생각이 들어요. 닫혀 있지 않은 귀. 식물을 키우는 것은 열린 귀를 만들어나가는 첫 과정인 셈이죠. 새로운 식물을 접할수록, 환경을 맞추어나가면서 곤란하고 당혹스러운 마음을 몇 번이고 주워 담습니다. 다시 물을 주고, 바람을 쐬게 하고, 햇빛을 맞게 하며 많은 것을 배우고 있습니다. 꽃이 피는 날, 아름다움이 만개하는 날을 웃으며 기다리게 돼요.

/

술의
묘미

/

제 인생의 낙은 운동, 야구, 고양이 형제, 인테리어 가구 쇼핑입니다. 이 목록 다음에는 자기 전 마시는 맥주 한잔도 포함됩니다. 연이가 아프다는 사실을 알게 된 한 달 동안은 술 한 잔을 마시지 않으면 잠 못 들기도 했어요. 뜬눈으로 밤을 지새우기엔 밤은 너무 길었고 자칫 엉뚱한 생각에 빠질 위험성도 컸습니다. 혹시 자고 일어나면, 출근했다 돌아오면 제가 가정하는 최악의 상황이 벌어질까 봐 깨어 있는 시간에도, 잠들기 직전에도 불안하기만 했어요. 가련한 미래를 끝없이 상상했죠. 와중에 정확한 배꼽시계가 울리면 편의점에 들렀습니다. 맥주…… 배도 부르고 트림이 연이어 터져나와 자주 마시지도, 좋아하지도 않는 술에 왜 그렇게 시선이 갔는지 아직도 모르겠습니다. 사과맛 맥주와 좋아하는 맥주 세 캔을 조합해 가방에 담아 오는데 곧 찾아올 밤이 기대됐습니다. 생각과 씨름하고 불안을 달래며 보냈던 밤이 아니라 흥청망청 취해서 시간이 가는 줄도 모르고 아침을 맞이할 생각을 하니 모처럼 마음이 들떴습니다.

만두 한 입과 맥주 한 모금을 번갈아 입에 넣습니다. 강이는 바로 뒤 침대에서 앞 다리를 쭉 뻗고 자고 있고, 연이는 옆을 알짱알짱거리고. 오래된 예능 프로그램을 보면서 '아, 이게 혼자 사는 맛이구나' 생각했습니다. 아무도 관여할 수 없는 나의 새벽을 맥주 한잔으로 만들었어요. 그날은 아무런 꿈도 꾸지 않았고, 몇 분 자지도 않은 것 같았는데 금방 아침이 찾아왔습니다. 시간을 까서 마셔버린 것처럼요. 연이의 건강과 저의 가난, 그러니까 제가 딛고 서 있는 자리가 불안할 때마다 술을 마셨습니다. 미령 씨는 술은 정신을 흐리게 하니 자주 마시지 말라고 했지만, 도리어 술이 삶을 명쾌하게 할 때도 있었거든요. 술만 들어가면 왜 온갖 고백이 왜 술술 나오게 되는지, 왜 평소에 하지 못한 말들까지 쏟게 되는지, 왜 마음을 함부로 고백하게 되는지, 왜 눈물이 벌컥 나오는지, 왜 세상이 아름다워 보이는지.

곤한 밤으로 이끌어주는 술 한 잔, 홀로 밤과 마주하는 술 한 잔, 세계의 고난과 나의 불우함을 잠시나마 잊게 하는 술 한 잔에 대해서 적극 찬성파가 되었습니다. 술을 핑계로 대뜸 고백하는 횟수만 좀 줄인다면 저는 저를 컨트롤하면서 술을 마실 자신도 있었어요. 왜 술에 취할수록 감정의 수도꼭지를 열어버리는가……. 고민한 다음 날에도 고백하는 저를 보면서 이건 영원한 미제로 남겨두기로 했지만요. 세상을 살아가는 게 정말 안 되겠다 싶은 날은 맥주 네 캔을 사와 순서대로 정렬합니다. 하나씩 따서 마시면서 생각해요. 술을 마시고도 나를 제어할 수 있다면, 그건 신이 될 수 있는 지름길이지 않을까? 음, 이번에도 실패했습니다. 쏟아지는 졸음에 눈꺼풀 하나도 똑바로 들지도 못하는 사람인 걸 어쩌겠어요. 아무렴, 그래도 신은 이런 술의 묘미도 모를 겁니다.

맥주를 목구멍으로 넘기면서 저는 남자의 이야기가 떠올랐어요. 무려 5년 전 이야기입니다. 작가 지망생이자 한량이 꿈이라던 남자를 인터뷰한 적이 있습니다. 그가 인터뷰 말미에

덧붙였어요.

“술 좋아하세요? 저는 요즘 불면증이 심해져서, 맥주 한 잔을 꼭 마시고 자요. 그럼 쉽게 잘 수 있거든요. 처음에는 맥주 한 캔이면 금방 잠들 수 있었는데 요즘은 큰 한 병을 다 비우고 자요. 완전히 곯아떨어져요.”

쉽게 잔다는 말을 그때는 이해하지 못하고, ‘그렇군요’ 하며 어물쩡 넘겨버렸는데, 이제 겨우 이해가 됩니다.

쉽게 잠들지 못하는 사람에게 쉬운 것 하나가 술이 될 수도 있겠다고. 쉬운 게 하나라도 있는 인생이 간절해지는 순간도 있더라고.

졸졸 잔을 채우는 소주의 경쾌한 소리가, 꿀떡꿀떡 넘어가는 맥주의 청량함이 얼마나 반가운지. 어쩌다 술이 나의 자부심이 되었나. 다시 한번 애주가의 길로 들어서면서 생각합니다. 술이라도 쉬워져서 다행이다.

/

자는 얼굴

/

어느 골목에서 잠들었니. 너의 안부를 묻고 싶은 밤이야. 매일 같이 다니는 검은 고양이 '말많이'와 차 아래서 자는지, 언덕 위에 있는 네일 숍 사장님이 만들어둔 스티로폼 박스에서 자는지, 밥과 물은 부족하지 않은지 묻고 싶어져. 바람이 워낙 차니까. 내가 땡볕에 쉴 그늘은 만들어줄 수 있어도, 안아줄 품은 만들지 못했으니까. 묘한 눈초리로 살금살금 걷는 모양새가 곧 보일 것 같다. 가로등 아래로, 골목의 끝으로 걸어나가는 당차면서도 고독한 발길의 끝이 어딘지 묻고 싶다. 늘 불이 켜져 있던 빌라 앞 집도 조용해, 이 동네에 깨어 있는 건 마치 나 하나인 것처럼 밤은 나를 여기 두고 또 떠나는구나.

며칠 전에 네가 상자 안에서 말많이와 붙어 자는 걸 봤어. 오랜만에 본 거였는데 잘 자고 있어서, 온기를 나눌 길동무가 있다는 사실에 안심했단다. 노란색 털을 가진 대양아, 발과 꼬리 끝은 하얀색 털의 대양아. 대양아, 대양아 하다 보면 거대한 바다를 항해하는 기분이 들어. 묻고 싶은 게 있어. 뱃사람들이 바닷길을 보고 읽듯이 너도 골목길을 외우고 돌아다니니. 너에게 밥과 물을 주는 사람들의 얼굴을 기억하니. 매일 어디서 자니. 어디를 돌아다니니. 가을이 온 걸 아니. 여름은 어떤 방식으로 보내주었니. 겨울을 맞이할 준비는 조금씩 하고 있니. 말많이와는 어떻게 친해지게 되었니. 내가 대양이라 부르는 너는 몇 개의 이름을 가졌니. 동네 사람들은 너를 어떤 표정으로 바라보니. 외롭진 않니. 슬프진 않니. 고독하진 않니. 기쁘니. 즐겁니.

나의 고양이 강이는 밤에 자고 일어나면 곧장 창문 앞으로 가. 어두컴컴해서 보이지도 않는 바깥을 몇십 분, 몇 시간 동안 보고 있어. 물끄러미 보다 털썩 누워 다시 잠들기도 해. 네가 이 편지를 읽게 된다면 네 어둠 속에는 어떤 것들이 나타

나는지도 알려줘. 네가 그것들을 평생 피하게 해달라고 기도를 해볼게. 길가에 버려진 작은 유리 조각, 아무렇게나 버려진 마스크, 나뒹구는 비닐 봉지, 음식물 쓰레기와 일회용 쓰레기들……. 조심하고 경계할 게 너무 많은 세상이야, 대양아. 네가 세상에서 수그러드는 것, 네가 어둠 속으로 들어가는 게 익숙해지는 것 전부 네 탓이 아니야.

세상에 대한 경계를 풀고 잠든 유순한 얼굴이 떠올라. 경계할 게 많을 수 있는 삶이라는 걸 알고 있지만 그래도 네가 자는 중에는 아무에게도 방해받지 않았으면 해. 너의 보금자리이자 잠자리는 아주 단단한 결계를 가지고 있었으면 해. 너의 꿈에는 미세한 경련도, 현실의 진동도 없었으면 해. 꿈을 꾸는지도 궁금해지네. 흑백의 꿈인지, 다채로운 색이 등장하는지, 어떤 꿈을 가장 많이 꾸는지, 꿈에서 너는 관찰자인지. 나는 잘 때마다 갓 생각한 일들을 다시 꿔. 연이가 아팠을 때는 꿈에 연이가 나와서 '해주라~' 말하는 꿈을 꿨고, 강이가 아팠을 때는 강이랑 잔디밭에 누워 있는 꿈을 꿨고, 애인과 헤어졌을 때는 식탁에 마주 앉아서 밥을 먹는 꿈을 꿨지. 네 꿈의 장르는 어떻게 돼? 이왕이면 액션, 공포, 스릴러는 아니었으면 좋겠다.

어느 골목에서 잠들었니.

너의 안부를 묻고 싶은 밤이야.

/

이음의 세계

/

목공방에서 장부 촉을 장부 구멍에 맞추는 일은 의자를 만드는 과정 중 가장 지난하고 재미없습니다. 먼저 22밀리미터짜리 나무 정중앙에 낼 장부촉 두께를 8밀리미터로 잡은 뒤, 양 옆 7밀리미터를 밴드 쏘우로 잘라냅니다. 밴드 쏘우는 쉴 새 없이 돌아가는 톱날이 세로로 달린 목공 기계입니다. 목공방에 있는 밴드 쏘우는 연식이 오래되어, 정확하게 자를 수 없으니 일단은 1밀리미터 정도 넉넉하게 자르라는 선생님의 말씀에 7밀리미터보단 두껍게 좌우상하 번갈아 잘라냅니다.

장부 구멍은 각끌기를 사용합니다. 나무에 홈을 파거나 구멍을 낼 때 쓰이는 기계로, 사각형의 드릴 툴을 장부 구멍을 뚫어낼 위치에 맞추고 천천히 승강 핸들을 누릅니다. 드릴이 나무를 관통해버리는 경우도 종종 발생하니 뚫기 전에 승강 핸들이 내려갈 수 있는 깊이를 조절해두는 것도 잊지 않아야 하죠. 천천히 힘을 살짝 주면서 기둥을 내리라는 선생님의 말에 '살짝'이 어느 정도인지 고민하다 하마터면 나무를 홀라당 태울 뻔했습니다. 강한 힘으로 오래 누르고 있으면 드릴이 갈리면서 나무에 마찰열을 주고, 스멀스멀 연기가 피어오릅니다. 힘을 적당히 주는 것, 너무 많은 힘을 쏟지 않는 건 목공을 대할 때 중요한 자세가 됩니다.

이렇게 만들어낸 장부 구멍에 장부 촉을 끼워 넣으면, 열에 아홉은 아귀가 맞지 않습니다. 장부 촉이 두꺼워 장부 구멍에 들어가지 않거나 장부 구멍에 먼지가 끼어 있어서 장부 촉이 들어가다가 막히는 경우가 생기죠. 이때부터는 수치를 가늠하는 것보다 오래 걸리는 끌질을 시작하게 됩니다. 우선 장부 촉 하단을 클램프(고정기구)로 단단히 고정한 뒤 끌로 두꺼운 장부 촉을 깎아나갑니다. 끌질 한 번에 나무의 때가 한 꺼풀 한 꺼풀 벗겨집니다. 끌질을 많이 했다간 장부 촉이 얇아져서 장부 구멍이 헐거워질 수도 있기 때문에 한 꺼풀 벗기고 장부 구멍에 끼워보고, 다시 끌로 한 꺼풀 벗기기를 반복합니다. 오직 나무의 결에 집중해야 하는 섬세한 작업입니다. 목공 기계를 사용해 대범하게 잘라버리는 과정이 훨씬 낫겠다 싶을 정도로 신중함을 기하게 되죠. 그냥 대충 하면 될 것 같은데, 하는 생각이 들다가도 헐거워진 장부 구멍에 장부 촉에 본드 칠의 비율을 줄이고 싶어서 최대한 섬세해집니다.

지금 내 앞에 놓인 나무의 결이 어느 방향으로 나 있는지 주목하고, 이 나무는 어디서 자라 여기까지 왔을지에 대해 생각합니다. 섬세한 손길을 앞세운 삶은 어떤 길로 나를 이끄는지 궁금해졌습니다. 무얼 돌보는 사람이 섬세해질 수 있는지 궁금해집니다. 나의 감정, 타인의 감정, 나와 전혀 관련이 없는 동물들의 감정, 기후의 감정……. 의자를 만드는 것도 세계에 곧잘 빗대어볼 수 있을 것 같습니다.

장부 구멍에 장부 촉을 끼우는 것을 내가 알았던 세계와 몰랐던 세계의 결합으로 보게 됩니다. 두 세계가 충돌하고 사투하는 과정을 겪으며 이 두 세계 사이에 끼어 있는 것들을 생각해볼 수 있었습니다. 가령 끌질에 갈려나가는 작은 나뭇조각 같은 것들이요. 코로나 이전의 세계와 코로나 이후의 세계, 기후 위기 전의 세계와 기후 위기 후의 세계, 짝사랑할 때의 세계와 연애할 때의 세계……. 우리가 무엇을 소중하게 여겼는지, 우리가 어떤 감정을 품고 지냈는지, 우리가 무엇을 쓸모없고 하찮게 생각했는지……. 생각 또한 충돌과 결합을 반복하며 불필요한 것들을 거두고 세계의 이음새는 단단해져갈 것입니다. 완만하게 장부 구멍 안으로 감추는 장부 촉과 빨개진 손가락 끝을 바라보았습니다.

어젯밤에는 종이 신문 구독을 신청했습니다. 내가 사는 곳에서는 어떤 물음들이 충돌하고 있는지, 장부 촉과 장부 구멍만큼의 원만한 결합은 얼마나 어려운 것인지 궁금했기 때문입니다. 두 세계의 결합으로 중간에 탈락되는 것들의 삶이 매일매일 배달되는 신문 안에 담겨 있기를 바라면서 말입니다.

어쨌거나 장부 촉이 장부 구멍에 쏘옥 들어간다고 해도, 본드 칠은 필수입니다. 이음새가 언제, 어느 순간에 헐거워질지 몰라서, 이음새의 균열을 조금 더 단단하고 안정적으로 받쳐주어야 할 세계의 의자니까요. 어떤 엉덩이가 자리하든 무너지지 않게 하기 위해서 말이죠.

/

키우는 마음

/

물꽂이를 해두었던 홍콩야자에 잔뿌리가 자랐습니다. 어떤 것은 썩고, 어떤 것은 자랄 것이라는 소나무 선생님 말이 스쳐 지나가며 어떻게 옮겨 심을지 고심하다 벌써 2주가 지났습니다. 잔뿌리들은 하루하루 꾸준하게 자라고 있고, 저 세 아이들을 어쩌나 싶어서 매일 저녁마다 멀뚱히 바라보고 있습니다. 잔뿌리가 자라면 화분으로 옮겨 심어야 한다던데…….

초딩 백가희는 문방구에서 팔던 200원짜리 봉숭아 씨앗을 종종 사왔습니다. 씨앗은 식물계의 척척박사이자 할머니인 소분 씨가 심고 키워냈지요. 봉숭아가 땅에 자리를 잡고 숨을 쉴 동안 소분 씨의 기사식당 양 벽면은 장미들이 덮었습니다. 식당 입구 왼쪽에 삼삼오오 모여 있는 식물 식구들 중 어떤 것은 갓 심어 겨우 새싹을 보였고, 어떤 꽃은 잎을 송송 떨어뜨리고 있었죠. 점심을 먹으러 식당을 찾았던 택시 기사 아저씨들은 밥이 나오기 전에 화단 앞으로 가 콧구멍을 키우고 킁킁대곤 했습니다. '아~ 꽃 냄새 좋다~ 함 맡아봐라' 권유도 하시면서요. 덩달아 코를 박고 숨을 들이쉬면서 '좋다~' 따라해 보았지만, 흙냄새와 이파리 냄새와 꽃 냄새와 숲 냄새와 산 냄새가 구분되진 않았습니다. 감성이라곤 눈곱만큼도 없던 아저씨들마저 킁킁거리게 하는 꽃 냄새가 참 궁금했습니다. 아저씨들이 꽃의 냄새를 맡고 자세히 들여다보고 있자면 소분 씨는 주방에서 나와 이 꽃의 이름은 무엇인지, 이 꽃에 얽힌 비화는 어떤 것이 있는지 이야기를 해주기 시작했습니다.

만개했던 장미들이 하나둘씩 잎을 떨어뜨린 다음 주에 봉숭아 꽃이 피었습니다. 소분 씨는 마늘 절구에 봉숭아 꽃잎을 넣고 잘게 빻았어요. 콩콩콩콩, 탁탁탁. 빻은 봉숭아 꽃잎을 손톱에 듬뿍 올린 뒤 랩이나 비닐봉지로 손가락 끝을 감쌌습니다. 한 시간이 지나고 봉숭아 꽃잎을 씻어내면 꽃물이 손톱뿐만이 아닌 첫째 마디에 전부 물들어 있었지요. 멀리서 보면 열 손가락에 고추장 찍은 것 같다며 우리는 서로를 놀려댔습니다. '첫눈 올 때까지 봉숭아 물이 남아 있으면 첫사랑이 이루어진다 카던데!' 문방구 아저씨의 말을 아이들은 철석같이 믿었습니다. 첫사랑의 정의는 알 바 아니었지만 시도 때도 없이 사랑이 샘솟던 아이들은 하나둘 열 손가락에 고추장을 찍어 왔습니다. 사랑이 넘쳐나는 바람에 금방 첫사랑이 바뀌었다고 봉숭아 물을 빼달라 울어버리는 아이도 더러 있었지요. 우리는 다 같이 모여 봉숭아가 안겨줄 행복의 순간을 기다렸습니다.

소분 씨 식당의 정원은 날이 갈수록 화려해졌고 저는 점점 궁금해졌습니다. 식물에게 저렇게 진득한 사랑을 쏟아내는 이유를요. 강이와 1460일을 같이 사는 동안 식물과는 올해 처음으로 같이 지내기 시작했습니다. 동거 식물 중 가장 오래된 인도고무나무는 순조롭게 성장 중이지만, 홍콩야자의 다섯 줄기 중 세 줄기는 썩어버렸습니다. 보스턴고사리는 갈변을 시작했고, 필레아페페는 자꾸만 위로 쑥쑥 잎을 내보입니다. 분갈이도 한 번씩 해주어야 하는데 자꾸 겁이 납니다. 화분을 엎다가 뿌리를 다 잘라버리면 어떡하지. 옮기다가 식물이 자리를 잡지 못해서 죽으면? 누군가는 식물을 많이 죽일 각오로 키우라고 말했지만, 저는 죽일 각오 이전에 살릴 각오도 되어 있지 않았습니다. 이제 겨우 할 줄 아는 거라곤 가지치기밖에 없으니까요.

오늘 같은 날엔 더욱 내가 키우지 않으니 편한 마음으로 씨앗을 사왔던 봉숭아가 생각났습니다. 줄기가 튼튼하고 이파리가 무성했던 봉숭아와 꽃이 피는 시기가 각각 다른데도 맞춰서 피고 졌던 할머니의 정원이 떠오릅니다. '꽃은 배신하지 않아서 좋다.' 어느 날, 할머니가 했던 말도 생각났습니다.

이제야 알겠습니다. 할머니는 제가 강이와 연이에게 바라는 것처럼 식물들이 무사히 자라나길 바라는 마음, 내 곁에서 오래 머물러주길 바라는 마음, 나의 많은 시간들을 같이 감각해주길 바라는 마음으로 꽃들을 가꾸고 싶었을 거라고요. 정원에서 웃고 지나가는 사람들을 보면서, 이 꽃은 무엇이냐 이름을 묻는 사람들 곁에서 두런두런 대화를 나누면서 시절을 가꾸었을 거라고요. 화사하게 핀 꽃에 도리어 위안을 얻기도 하면서 말이죠.

홍콩야자의 가지를 잘라 물꽂이를 해두었을 때만 해도, 저 역시 이 세 줄기 모두 건강하고 씩씩하게 자라길 바랐습니다. 이왕이면 썩는 것 하나 없이 세 줄기 다 뿌리 내리기를요. 연이가 발로 건드리고, 강이가 툭툭 치면서 지나가 물이 엎어지는 날을 뒤로하고도 끈질긴 생명력으로 잔뿌리를 내린 야자 세 친구에게 이제 그만 보금자리를 마련해주어야겠습니다. 꽃물을 마음에 물들이는 마음으로, 시도 때도 없이 사랑이 샘솟던 아이의 마음으로, 할머니가 위안받았던 마음으로, 창가에 놓일 홍콩야자 세 그루의 모습을 상상하면서요.

만개했던 장미들이 하나둘씩 잎을
떨어뜨린 다음주에 봉숭아 꽃이
피었습니다. 다같이 모여 봉숭아
가 안겨줄 행복의 순간을 기다렸
습니다.

/

말랑말랑과
곡선

/

과잉 울음인인 저를 자주 울게 하는 건, 헤어진 연인의 해후를 그리는 아릿한 로맨스 영화도 아니고, 기가 막힌 출생 비화를 겪고 성장하는 주인공의 모습을 그린 주말 드라마도 아닌 말랑말랑한 풍경과 촉감이에요. 키가 커다란 가로수 위에 부푼 뭉게구름, 엄마의 지루한 쇼핑이 끝나기를 옆에서 꾹 참고 기다리는 꼬마, 배냇머리를 빡빡 밀어 대머리가 되어버린 아기, 비엔나 소시지를 줄줄이 엮은 것 같은 아이들의 팔과 다리, 뜬금없이 피어 있는 들꽃, 고양이 형제가 달랑달랑 달고 다니는 뱃살……. 말랑말랑한 풍경 앞에서는 아랫입술을 깨물거나 인상을 찌푸리거나 입안의 볼살을 꾸욱 씹게 됩니다. 손을 꽉 쥐어보기도 하고, 혀를 앞니 사이에 끼우고, 윗입술을 아랫입술에 감추고 힘을 주기도 하지요. 너무 귀여워서 몸 둘 바를 모르겠어요. 귀여운 것만 보면 꼭 이상한 데에 힘이 실립니다.

노트북 앞에 퍼져 있는 연이의 등살을 집게 모양의 손으로 살짝 꼬집었습니다. 귀찮은 듯 꼬리를 설렁설렁 흔드는 모습과 말랑말랑한 촉감에 '강아지는 생각보다 단단하고, 고양이는 생각보다 말랑하다'라는 말이 떠올랐어요. 모난 구석이 하나 없이 곡선으로만 구성된 연이의 몸 선을 보다가 불쑥 웃음이 튀어나왔습니다. 묘한 기분이 들었어요. 꼭 친구와 오랜만에 통화한 것처럼 말이죠. 스트레스가 난무하는 일상 중에 이렇게 곰살맞은 말랑말랑이라니. '음마앙' 하며 우는 연이의 목소리마저 동글동글해 울컥할 것 같았습니다. 연이의 심장병 확진 이후 도리어 제가 병이라도 걸린 것 같았어요. 툭하면 울고, 바로 옆에서 뱃살을 뽐내며 자는 연이의 몸에 얼굴을 묻고 최대한 숨을 들이마시곤 했습니다. '옆에 있는데도 보고 싶고, 옆에 없으면 죽을 것 같다'며 연인에게도 하지 않은 말을 하면서요.

말랑말랑이들 덕분에 내 인생까지 부드러워졌다고 해도 과언이 아닐 거예요. 비약일 수는 있어도 부정하진 않겠습니다. 이왕이면 세상에 직선보다 곡선이 많은 쪽이 낫다고 생각하는 편이기도 합니다. 모든 곳에서 그럴 수는 없겠지만. 혼자 사는 사람에게 웃음과 곡선은 생각보다 귀하다는 걸 깨달은 직후부터는 나를 웃게 하는 풍경들을 적어두기 시작했습니다. 적다 보면 주로 포실포실하고 녹녹한 것들뿐이지요.

아마 사랑에 빠지는 이유도 비슷할 것입니다. 현실에서 처한 상황을 잊게 하고 상상의 나래 속으로 데려가버리니까. 무구한 얼굴로 나는 당신의 편이라는 얼굴을 한 사람들 곁에서는 둥글둥글해져 역경과 고난은 껌이라는 듯 가뿐히 이기는 그림을 상상하게 됩니다. 근래에 저를 최악의 컨디션으로 몰아넣는 건 과하게 긴장하고 굳은 직선의 자세였는데 말랑말랑이들은 귀여움을 총동원하여 나를 웃게 해요. 숨을 푹푹 불어넣습니다. 곧장 바다에서 물살을 따라 아주 긴 호흡으로 헤엄칠 수 있을 것처럼 말이죠.

요즘은 킥보드를 타고 출퇴근을 하고 있습니다. 장마는 이제 오래전의 이야기인 것처럼 작열하는 태양과 쉴 틈 없이 폭

염 경보를 울리는 재난 메시지가 여름을 말해주고 있어요. 마스크를 쓴 흰 얼굴들, 높고 푸른 하늘과 휴대전화에서 나오는 노래, 도로 옆에 데롱데롱 매달린 접시꽃, 왜 어른들이 녹색을 보며 푸르다 말했는지 짐작하게 되는 무성한 녹음, 아빠 손을 잡고 횡단보도를 건너는 아이의 동그란 뒤통수. 지난 폭우에 실종되었다가 90킬로미터 떨어진 마을에서 발견되었다던 소의 이야기를 떠올립니다. 이상한 여름, 알 수 없는 기후, 여름마저 투쟁해야 하는 생명들……. 오늘도 충실히 말랑말랑하게 살아가는 세상의 말랑말랑이들에게 안부를 전합니다. 세상의 곡선을 많이 만들어주렴. 덕분에 숨이 쉬어진단다.

웃음과 울음과 사랑의 기세

웃음의 기세

오늘 소개할 인물은 '웃'의 모양을 닮은 사람들의 이야기입니다. 먼저 이 책을 덮기 직전의 당신에게 묻고 싶습니다. 최근에 어떤 이 때문에 웃어본 경험이 있으신가요? 한 사람이 심장을 움켜쥐었다 놓아주는 것 같은 저릿한 기쁨을 느껴본 적도 있으실까요? 가끔 홀로 지내는 서울살이가 매몰차고 고단하게 느껴지기도 하는 저는 한 사람으로 인해 온전히 소리 내어 웃는 일이 드물어졌습니다. 특히 코로나 시대라는 절체절명의 위기 앞에서는 더 희귀해졌지요. 그런 경험 있으실까요? 입은 웃는데 마음으로 웃지 않는 기분, 즐거워서 터져 나오는 게 아닌 어색한 분위기를 무마하기 위하여 짓는 오묘한 웃음, 실컷 떠들고 집에 와서 생각해보니 어느 하나 쓸모없는 이야기가 되어 궤짝처럼 버려진 듯한 느낌……. 이 중에서도 저는 '마가 뜨는' 상태를 무척 싫어했습니다. 많은 말을 쏟지 않아도 큰 행동을 취하지 않아도, 그 어색한 공기마저 그날의 분위기라 기억할 만한데도 불구하고 꼭 분위기를 주도하여 시간 속에 많은 말을 꽉꽉 채워 흘려 보냈습니다.

한 달간 연재한 메일링 원고들을 독립출판을 위해 엮으면서 다시 한번 나의 어색한 자세와 마가 뜬 분위기를 생각했습니다. 비밀이지만…… 제 꿈은 글로 잘 웃기는 사람입니다. 하지만 책에 실린 모든 글이 우습지 않았어요. 너무 많은 말들로 꽉꽉 채워 넣고 있었습니다. 누구에게도 피해를 주지 않고, 나를 깎아내리지도 않고, 최대한 많은 이를 포용하는 글을 쓰는 것과 웃음 짓게 하는 일은 쉽지 않았습니다.

언제나 저를 곤경에 빠뜨리는 것은 두 가지입니다. 웃게 하는 것과 글쓰기. 글로 웃기는 건 얼마나 정성이 가득해야 하는 일인 걸까요. 얼마나 덜어내고 가벼워져야 될까요. 어느 정도의 노하우가 필요한 일일까요. 글로 잘 웃기다 보면 말로도 잘 웃길 수 있는 사람이 되지 않을까? 생각하곤 했어요.

그러던 중에 '그림도시'라는 행사에 참여하게 되었습니다. '예술가들의 가상 도시'라는 콘셉트로 자신의 작품을 전시하고 판매하는, 이를테면 도시 속의 도시인 셈이었지요. 코로나 시국에 대면 전시 여부가 확정되지 않아 갈팡질팡하다 다행히 거리두기 단계가 완화되어 참여할 수 있게 되었습니다. 출간한 책과 만든 굿즈 들을 챙겨 들고서요. 메일 건너의 얼굴들을 두 눈으로 담고 싶었습니다.

그 사람들을 보기 전까지만 해도, 저는 웃기고 싶은 마음에 헛소리 따발총 전문가가 되기 위해 혈안이었습니다. 막상 그곳에서 마주한 그들은 저를 보자마자 웃기 바빴습니다. 제가 별 말을 하지 않아도 낙엽 굴러가는 걸 보고 까르르 웃는 학생처럼 웃더군요. 실제로 어린 학생들도 많긴 했습니다. 오는 길이 힘들지 않았냐는 질문에도 까르르, 만나서 좋다고 하니 흐흐흐, 또 보자는 말에는 푸하하하……. 다양한 목소리로 웃는 사람들이었습니다. 헛소리를 쏘지 않아도 되었죠. 그들을 '웃'의 모양을 닮았다 부르는 이유이기도 합니다. 그들에게 무슨 이름을 붙여주어야 할까, 그들에게 어울리는 이름은 무엇일까, 그들에게 주고 싶은 삶은 뭘까. 아무리 생각해도 '웃음' 밖에 없었습니다. 마음에 지고 있던 작은 개그 욕심이 사라졌습니다. 사랑이 만들어낸 웃음에 머리를 부비적거리며 자신감을 주워 담았어요. 토크 버스킹도 열 수 있을 것만 같았습니다. 이 글을 쓰는 순간까지도 그때 받은 해사한 웃음을 비빌 언덕으로 삼고 양팔과 양다리를 쭉 뻗친 채로 세상을 마주하고 있습니다.

이제 와 보니 '웃'의 생김새가 꼭 두 발로 당차게 서 있는 사람의 몸처럼 보입니다. 세상을 양껏 껴안을 만한 커다란 품을 가진 사람 말이죠. 그들은 내가 아닌 누구라도, 힘껏 껴안아줄 것 같은 자세를 하고 있었습니다. 불현듯 알게 되었죠. 내가 아는 사랑은 아주 티끌만 한 것이구나. 나는 평생 이 사람들의 자세와 마음과 사랑을 따라잡지 못하겠구나. 너른 품을 가진 사람들은 우리를 항상 기쁘게 합니다. 닫혀 있는 마음보다 열려 있는 마음이 우리를 항상 주눅 들게 합니다. 정적이 싫어서 무슨 말이든 뱉어보겠다 생각하는 습관을 반성했습니다. 얼마나 대단한 웃음의 기세인지, 이루 말할 수도 없습니다.

부스 앞에 멀찍이 서서 쭈뼛대며 웃던 사람의 얼굴, 만나서 반갑다고 보고 싶었다고 안아주는 사람의 손, 조금 진정하고 오겠다고 돌아서는 사람의 떨림. 웃음과 사랑과 기쁨의 휘몰아치는 기세 앞에서 주눅 들며, 더듬지 않으며, 막강해질 수 있습니다. 선명한 웃음과 너른 품과 단단한 사랑은 단언컨대 우리를 괴롭게 하지는 않을 겁니다. 세상으로부터 고립된 것 같은 마음이 차오를 때마다 양팔을 벌리고 무엇이든 껴안을 수 있는 웃의 자세를 잡아봅니다.

울음의 기세

어제는 잘 웃고 지내셨나요? 웃음의 기세에 대한 이야기를 하고 난 후 곧장 침대로 가 양팔과 양다리를 쭉 뻗은 채로 누웠습니다. '웃'의 자세이지요. 그림도시에서 껴안은 수많은 이들의 체온을 상상하며 몸을 이불 안으로 깊숙이 쑤셔 넣었습니다. 웃음이 가득한 이야기를 했는데도 갈증이 일어 새벽 내내 머그잔에 물을 받아 마셨습니다. 열심히 운 사람처럼 말이에요. 왜 웃는 이야기를 하는데 눈물을 흘린 것 같은지 모르겠습니다. 울면서도 웃는 기분이, 웃으면서도 우는 기분이 들었습니다. 웃으며 우는 듯한 오묘한 기분을 느끼며 제주에서 있었던 이야기를 해볼까 합니다. 울음의 기세가 뛰어난 어떤 이의 이야기입니다.

이번에도 질문 먼저 하겠습니다. 살아가며 누구 때문에 울어보았나요? 왜 우셨나요, 울 땐 어떤 마음이셨나요, 울고 나니 어떠셨나요? 개운했나요, 편안했나요, 섭섭했나요, 서러웠나요? 심란한 마음과 함께 새벽 언저리를 서성이게 되진 않았나요? 울고 난 후 몰려오는 감정 때문에 혼란스러울 때도 있었나요? 마치 연인과의 이별이 슬퍼서 울었는데 다 울고 나니 한결 가뿐해져 다시 나아갈 수 있겠다고 결심하는 것처럼, 오매불망 고대하던 소식에 기쁨의 눈물이 터져나오다가도 그동안 마음 졸이고 노력했던 시절의 설움이 스쳐지나가는 바람에 이따금 허무해지고 섭섭해지는 마음처럼 말입니다.

그림도시를 마치고 얼마 되지 않아 곧장 제주로 내려가 또 다른 페어를 준비했습니다. '산방산 아트북 페어'는 제주 서귀포에 있는 사계리에서 열렸습니다. 아침 일찍 일어나 해안가를 걸었습니다. 에메랄드 빛깔의 바다와 서퍼들이 자주 드나든다던 사계 해안의 파도 소리는 꼭 혹등고래의 심장 소리 같기도 했습니다. 쿵쿵 울리는 소리에 덩달아 심장이 뛰었습니다. 고래의 심장을 가진 사람처럼 당당한 발걸음으로 페어 장소로 들어갔어요. 육지와 떨어진 곳이기에 혹여나 사람들이 오지 않으면 어떡하나, 기대와 설렘와 걱정을 동반하고서요.

걱정이 무색하게끔 이곳에서 단단한 심장마저도 말랑말랑하게 만드는 사람들을 만났습니다. 제주시에서 버스 타고 두 시간이 넘게 걸려 왔다는 사람, 한참을 고민하더니 여기서부터 여기까지 다 달라고 말하던 사람, 그리고 저를 울고 싶게 하는 '울'을 만났지요. 어깨에 닿는 중단발 파마머리, 길쭉한 다리, 친구의 옆구리에 팔을 끼워 넣고 온 그는 몇 번이나 행사장 입구 앞을 서성거렸습니다. 주저하는 몸짓에 단번에 알 수 있었어요. 나를 보러 와주었구나.

막강한 '웃'의 사람들과는 달리 그는 행동 하나하나가 조심스러웠습니다. 소매를 꾹 쥐고, 눈을 질끈 감아버리고 '어떡해, 어떡해'를 연발하다 울컥 눈물을 쏟습니다. 주체할 수 없는 감정이 밖으로 삐져나오는 과정이었습니다. 할 수 있는 일이 없어 울음이 그칠 때까지 기다렸습니다. 그가 감정에 집중할 수 있게, 내가 그의 감정을 읽을 수 있게.

길쭉한 손가락으로 눈가를 연신 닦던 그는 추스리기 위해 전시장을 한 바퀴 돌고 오겠다 말했습니다. 20분 정도 지났을까요? 그가 다시 내게 와서 하다 못한 말을 이어나갔습니다. 고맙다고, 많은 도움이 되었다고. 무엇이 고마운지, 무슨 도움이 되었는지 묻고 싶은 마음도 잠시, 마냥 작아지는 기분이 들었습니다. 그렇습니다. 저는 사랑 앞에서 가장 작아지는 사랑주의자이자 가장 많은 눈물을 쏟는 과잉 울음인입니다. 울고 싶었습니다. 고래 심장을 가지기는 무슨, 사계 해안의 파도를 맨몸으로 맞으면 이런 기분이 드는 걸까요? 웃음으로 나를 막강하게 하는 사랑이 있다면, 반대로 울음으로 나를 부드럽게 만드는 사랑도 있었습니다.

울음을 목 뒤로 넘기고 내뱉는 사랑의 기세에 납작해져버렸습니다. 그는 분명 사랑의 시옷도 발음하지 않았는데, 저는 말하지 않고도 사랑을 전할 줄 아는 사람의 이야기가 쓰고 싶었습니다. 너무 많은 말이 오고 가는 시대에서 마주보는 눈으로 감정을 전하는 사람의 이야기가 궁금했습니다. 같이 웃을 수도 있지만 같이 울게 될 수도 있는 것이 기쁨의 속성이라면, 사랑은 기쁨이 하는 일 중 가장 대단하고 존귀한 일임은 확실했습니다. 그는 자신이 용기가 없어 자꾸 운다고 덧붙였지만 저는 사랑한다는 것만으로도 용기 있는 것이라 말하고 싶었습니다. 같이 울 것이라는 걸 알지만 울음을 참고 다시 나아가는 사람들, 너른 마음을 갖고 이따금 마음을 고백하는 사람들에게도요.

고단한 시절을 뒤로하고 다시 사랑하겠다 다잡는 마음이야말로 사랑이 알려줄 수 있는 최대치의, 최선의 길일 것입니다. 시월에 만난 이들이 알려준 용기처럼 말이죠.

너무 많은 말이 오고 가는 시대에서
마주 보는 눈으로 감정을 전하는
사람들의 이야기가
궁금했습니다.

이토록 사랑스러운 삶과 연애하기

초판 1쇄 인쇄 2021년 1월 25일 초판 1쇄 발행 2021년 2월 1일

지은이 백가희
펴낸이 연준혁

출판부문장 이승현
편집 9부서 부서장 김은주
편집 곽선희
디자인 김준영

펴낸곳 (주)위즈덤하우스 출판등록 2000년 5월 23일 제13-1071호
주소 경기도 고양시 일산동구 정발산로 43-20 센트럴프라자 6층
전화 031)936-4000 팩스 031)903-3893 홈페이지 www.wisdomhouse.co.kr

ISBN 979-11-91308-23-5 03810